BELLINI E A ESFINGE

TONY BELLOTTO
BELLINI E A ESFINGE

4ª EDIÇÃO

COMPANHIA DAS LETRAS

Copyright © 1995 by Tony Bellotto

Grafia atualizada segundo o Acordo Ortográfico da Língua Portuguesa de 1990, que entrou em vigor no Brasil em 2009.

Projeto gráfico
Alceu Chiesorin Nunes
Bruno Romão

Capa
Claudia Espínola de Carvalho

Foto de capa
Cristiano Mascaro

Revisão
Jane Pessoa
Carmen T. S. Costa

Os personagens e as situações desta obra são reais apenas no universo da ficção; não se referem a pessoas e fatos concretos, e não emitem opinião sobre eles.

Dados Internacionais de Catalogação na Publicação (CIP)
(Câmara Brasileira do Livro, SP, Brasil)

    Bellotto, Tony
    Bellini e a esfinge / Tony Bellotto. — 4ª ed. —
São Paulo : Companhia das Letras, 2017.

    ISBN 978-85-359-2896-9

    1. Romance brasileiro I. Título.

95-1157	CDD-869.935

Índice para catálogo sistemático:
1. Romances : Século 20 : Literatura brasileira   869.935
2. Século 20 : Romances : Literatura brasileira   869.935

[2017]
Todos os direitos desta edição reservados à
EDITORA SCHWARCZ S.A.
Rua Bandeira Paulista, 702, cj. 32
04532-002 — São Paulo — SP
Telefone: (11) 3707-3500
www.companhiadasletras.com.br
www.blogdacompanhia.com.br
facebook.com/companhiadasletras
instagram.com/companhiadasletras
twitter.com/cialetras

Para o meu pai

Qualquer um que começasse a procurar evidências de insanidade mental em si mesmo iria com certeza encontrar muitas, porque todos, a não ser os imbecis, tinham mentes confusas.
                              Dashiell Hammett

17 de maio de 1983, quinta-feira de manhã

1.
Antes de acordar eu já escutava o ruído incômodo de um telefone tocando insistentemente.

Vagava por um estado intermediário entre o sono profundo e a vigília, despertei ao ouvir meus próprios grunhidos numa tentativa (inútil) de dizer alô.

Reconheci a voz aguda de Rita gritando do outro lado da linha:

— Bellini! Por onde você anda? Dora quer vê-lo pontualmente às duas horas.

— Que horas são? — perguntei, sonolento.

— Dez pro meio-dia. Liguei a manhã toda. Onde você estava?

— Dormindo — respondi, e ela sabia que um telefonema nem sempre era suficiente para me fazer abrir os olhos.

Despedi-me com um "até já", pulei da cama, tomei um banho frio, fiz a barba.

Caminhei pela Peixoto Gomide até o Luar de Agosto, na esquina com a alameda Santos, e me sentei a uma das mesas na calçada. Antônio, o garçom, me serviu como de costume o sanduíche de salame com queijo provolone no pão francês, chope gelado e o café expresso, curto e amargo, sem açúcar.

— Novidades? — ele perguntou.

— Possivelmente um caso novo. Não sei ainda.

— Adultério?
— Deve ser.

O céu estava azul, um azul que só existe em maio. Peguei um táxi para o edifício Itália, de onde Dora comandava suas investigações.

Casos rotineiros de adultério ocupavam a maior parte de nosso trabalho, o que era entediante (cochilei alguns segundos durante o percurso).

Entrei no escritório, no décimo quarto andar, Rita me saudou com o irônico e inevitável bom-dia. Flagrei o Lobo em sua sala particular, desfrutando dois de seus mais preciosos hábitos: fumava uma cigarrilha norte-americana Tiparillo e escutava Paganini em alto volume.

Isso era um bom sinal.

2.

Havia um ano eu trabalhava com Dora Lobo, o detetive Lobo, como era conhecida.

Ela disse "sente-se", diminuiu o volume de Paganini por meio de um controle remoto pousado sobre a mesa e, depois de uma longa tragada, apagou o que restava da cigarrilha:

— Ontem, no começo da tarde, recebi o telefonema de um homem que desejava encontrar-se comigo em "sigilo absoluto", como repetiu várias vezes, "após as oito horas da noite". Identificou-se como "dr. Rafidjian, cirurgião infantil". Às oito e meia entrou nesta sala um sujeito magro, muito alto, de rosto comprido e melancólico, idade entre quarenta e cinco e cinquenta, extremamente tímido. A cara sabe de quem?

— Não.

— Do Dom Quixote. Meio corcunda, carregava uma maleta de médico e um guarda-chuva. Sentou-se mantendo o guarda-

-chuva e a maleta apoiados sobre as pernas e perguntou-me num tom de voz quase inaudível: "A senhora me garante sigilo absoluto?". Respondi: "O sigilo é condição primordial para o exercício da investigação".

Dora e suas frases, pensei, enquanto ela abria uma gaveta, retirava uma folha datilografada e a fazia deslizar sobre a mesa para que eu desse uma olhada. Era o contrato.

— O homem suplicou: "Preciso que a senhora descubra onde se encontra uma jovem. Uma moça de apenas dezoito anos, chamada Ana Cíntia Lopes. Ela é dançarina da Dervixe, uma boate na rua Augusta. Há pouco mais de um mês simplesmente desapareceu". Desesperado com o sumiço repentino da moça, nosso Dom Quixote decidiu-se a interrogar por conta própria funcionários e clientes da Dervixe em busca de seu paradeiro. Essa investigação não o levou a nada: para sua surpresa ninguém lá conhecia Ana Cíntia Lopes.

3.
— "Como ninguém a conhecia na Dervixe se o senhor mesmo afirmou que ela trabalhava lá como dançarina?"

"Peço encarecidamente que a senhora respeite minha reserva; devido à minha reputação, sempre evitei frequentar tais lugares. Falando sinceramente, sra. Lobo, eu nunca entrei na Dervixe nem em qualquer outra dessas boates. Portanto, quem me disse que lá trabalhava como dançarina foi a própria Ana Cíntia."

"Então o senhor admite que ela mentiu?"

"Talvez..."

"Mentiu ao dizer que seu nome era Ana Cíntia Lopes ou ao afirmar que trabalhava na Dervixe?"

"Não sei, é por isso que estou aqui. Para saber."

"Sr. Rafidjian, seja mais claro! Como conheceu Ana Cíntia, se nunca entrou na Dervixe nem em qualquer outra casa do ramo?"

"Nunca entrei, mas há muito que as frequento como um descomprometido voyeur..."

"Explique-se melhor."

"Eu estacionava meu automóvel do outro lado da rua e ficava observando o movimento das pessoas em frente à Dervixe. Sempre que sobrasse um tempo entre uma visita e outra a algum paciente, lá estava eu dentro do automóvel, observando. Assim notei uma moça morena de olhos castanhos cheios de uma melancolia indescritível. Eu a via sempre. Entrando, saindo, ou simplesmente parada na calçada. Apaixonei-me antes mesmo que ela soubesse da minha existência. Um dia enchi-me de coragem e convidei-a a entrar no automóvel e acompanhar-me num passeio..."

"E então?"

"Ela aceitou."

— Rafidjian e Ana Cíntia passaram a se encontrar periodicamente, datas e horários previamente combinados em telefonemas. Isso aconteceu por mais ou menos seis meses. No começo de abril combinaram um encontro como de costume na calçada da Dervixe. Ana Cíntia não deu as caras. Depois disso o Dom Quixote não teve mais notícias dela: a garota desapareceu sem deixar vestígios.

4.

Dora fitou-me em silêncio. Olhei os seus cabelos ainda viçosos para uma senhora de sessenta anos. A imagem da mulher vitoriosa: independente, solitária, sutilmente ambígua (solteira), discretamente egocêntrica (filha única) e absolutamente orgulhosa de sua inteligência brilhante e intimidadora como um revólver apontado bem no meio da testa.

— Obviamente, antes que Rafidjian fosse embora, submeti-o a uma série de questões: onde Ana Cíntia morava? Tinha amigos? Parentes em São Paulo ou noutra cidade? Estava em perigo, sentia-se ameaçada? Inimigos? Caftens, protetores? Usava drogas? A cada uma delas o médico balançava a cabeça negativamente. Por fim, disse: "Nada sei a seu respeito. Sei que é pura, ingênua, infantil e, por que não dizer, um pouco diabólica...". Depois desse comentário ambíguo falou boa-noite e isso foi tudo.

Desviei o olhar para o tapete persa que se estendia sob a mesa, perguntei:
— Alguma foto da garota?
— Não, só uma descrição vaga: cabelos castanhos à altura dos ombros, olhos escuros e sobrancelhas grossas, rosto quadrado e corpo magro mas de pernas musculosas. Nenhum sinal característico, marca ou cicatriz.

Dora levantou-se, caminhou até a estante, serviu-se de vinho do Porto. Ofereceu-me um scotch, que não recusei. Brindamos, bebemos. Ela caminhou até a janela e observou os automóveis deslizando sobre as pistas da avenida Ipiranga.
— Imagino que deva iniciar meu trabalho reunindo algumas informações na rua Augusta — concluí.
— A começar por hoje à noite na Dervixe; mantenha-me informada.

Antes de despedir-se, voltou à mesa e consultou uma agenda:
— Telefone para o Iório, na Quarta Delegacia de Polícia. — Empurrou-me uma folha com um número de telefone. — Ele é amigo e conhece muito bem a região.

Pegou o controle remoto e acionou novamente o Paganini em alto volume. Depois esticou o braço e despediu-se com um gesto, apontando o cálice em minha direção:
— Boa sorte, Bellini.

Bellini.
Meu nome é Remo. Remo Bellini. Acontece que detesto esse nome Remo e há um motivo para isso. Explico: no dia 5 de junho de 1950 fui expelido do ventre de Lívia Bellini juntamente com um irmão gêmeo, Rômulo. A ideia de batizar os recém-

-nascidos com os nomes dos lendários gêmeos fundadores de Roma foi de Túlio Bellini, nosso pai.

Túlio, na época um jovem advogado criminalista em início de carreira, transbordou de orgulho paterno ao saber-se progenitor de dois seres idênticos, masculinos e primogênitos.

Por pouco tempo, porém. Inesperadamente, como é de seu estilo, o destino lançou sobre as cabeças de Lívia e Túlio uma bomba: Rômulo, não resistindo a uma pneumonia, faleceu dois dias após o parto.

Começaram aí os meus problemas.

5.

Eu formulava mentalmente uma imagem de Ana Cíntia Lopes quando entrei no táxi:

— Avenida Paulista esquina com Peixoto Gomide.

No rádio, um barítono de voz empostada cantava uma ária de ópera. Cantores de ópera sempre me lembram meu pai. Por muito tempo escutei, e ainda hoje escuto, sua voz dizendo: "Se Rômulo tivesse sobrevivido, com certeza eu não teria que conviver com tantas decepções". É claro que me responsabilizava por quase todas elas. Ou: "Se um homem prevenido vale por dois, você teria que valer por quatro. Pena que na maioria das vezes não valha nem por um!". Frases como essas, ao mesmo tempo que embutiam um desejo secreto de que eu pudesse redimir a ausência de Rômulo, fustigavam uma rivalidade surda entre nós dois (como se a morte, num terrível engano, tivesse carregado o irmão errado, o que nascera para preencher as expectativas paternas).

Fiquei, então, sozinho e desamparado, ladeado por meu pai, que me imputava suas decepções, e pelo espectro silencioso de meu irmão, carregando nos ombros dois nomes ridículos que nada mais eram do que a expressão fria do pedantismo de Túlio Bellini: Rômulo e Remo.

Aos poucos tornei-me Remo, o Dois-em-Um.

Isso soa estranho, engraçado até, mas expressa fielmente

como me senti em grande parte de minha infância, um dois-em-um. E também explica por que, desde pequeno, toda vez que me perguntavam qual o meu nome, respondia apenas Bellini. Era uma atitude ingênua e instintiva, eu sei, mas fazia sentido. Livrando-me de Remo livrei-me também de Rômulo e assim pude viver uma vida normal com um nome normal: Bellini, apenas.

No velho edifício Baronesa de Arary, onde alugava uma quitinete, passei o resto da tarde ouvindo Muddy Waters no toca-fitas. A vizinha, uma velha solitária, bateu várias vezes na parede, reclamando do som. Numa delas acordou-me de um sonho confuso em que um cachorro rosnava para mim mas eu não sentia medo algum.

6.
Na Dervixe perguntei a um barman de olhar opaco se alguma dançarina tinha desaparecido nas últimas semanas. Ele me apontou um sujeito sentado a uma mesa:
— Isso é com o Caled — falou.
Caled era um homem sólido, de cinquenta e poucos anos, com vastos cabelos e bigodes negros.
— O Caled é seu patrão? — perguntei.
— O Caled e seu irmão Tufik são os gerentes. Mas antes que você se anime, cuidado. Ele é um cara estranho.
Aproximei-me da mesa onde o beduíno (Caled parecia um beduíno) permanecia pensativo, fumando um charuto baiano e olhando para o infinito.
— Sr. Caled?
Ele me olhou com doçura:
— Sim, filho.
— Estou procurando por uma dançarina desaparecida. O nome dela é Ana Cíntia Lopes.
— Polícia?

— Não. Agência Lobo, Investigações Particulares.
— Sente-se. Quer beber?
— Não, obrigado.
— Ana Cíntia Lopes... — Pensou por vários segundos, enquanto soprava a fumaça do charuto na direção do meu rosto (um Suerdieck, supus).
— Não conheço.
— Alguma das dançarinas desapareceu repentinamente? — insisti.

Caled arregalou as sobrancelhas numa expressão de impotência:
— Elas estão sempre desaparecendo, não estão? — E arreganhou os dentes, sorrindo.

Então assumiu um ar cúmplice, como se fôssemos dois amigos bebendo e conversando num balcão de bar:
— Elas vivem criando problemas, mas como se diz por aí, são um mal necessário. Qual a graça da vida sem elas? Diga-me, senhor detetive, qual a graça da vida sem elas, hein?

Aquele "hein?" veio carregado de uma agressividade inesperada. Senti que devia responder, embora me sentisse pouco à vontade naquele tipo de conversa:
— É mesmo... graça nenhuma.

Caled sorriu com escárnio:
— Não importa o nome, existem tantas! E no fundo são todas iguais. Por que se preocupar com uma delas, se no fundo são todas iguais, hein?

O "hein?" voltava cada vez mais assustador.
— São todas iguais, isso mesmo — afirmei.
— Ana Cíntia, Ana isso, Ana aquilo... pra cada uma que some aparecem outras cinco no dia seguinte. Maria-Não-Sei-das--Quantas, Maria-Não-Sei-de-Onde, Maria-Não-Sei-do-Quê... Alá! O que importa o nome? Ah, ah, ah, ah... o que importa o nome se o que procuramos tem nelas todas o mesmo nome: boceta!

7.

Havia algo de histérico em Caled. Ele continuou sua explanação sobre as mulheres:

— Aprenda comigo, mulheres são uma ilusão. Dançarinas, então, nem me fale. Não acredite em seus próprios olhos; não acredite em seu próprio nariz; não acredite em seus próprios sentidos. E principalmente, não acredite em seu próprio pau!

Caled sugava o charuto com avidez sexual. Seus lábios pareciam lábios de um camelo. A fumaça se confundia com as palavras no jorro incessante que brotava de sua boca:

— Mulheres são como champanhe. Parecem reais, mas só existem enquanto há música no ar. Eu posso provar.

A conversa ficou filosófica demais para o meu gosto.

— Senhor, eu só quero saber se alguma das dançarinas desapareceu nos últimos tempos...

— Deixe dessa besteira, filho. Procurar por uma dançarina... que desperdício de tempo! Eu vou provar que mulheres são uma ilusão, feche os olhos.

— Como?

— Feche os olhos, detetive! — ele ordenou, e apontou os dedos que seguravam o charuto na direção do palco, onde dançarinas nuas se contorciam ao som da música. Fechei os olhos ("Não contrarie um louco, ele pode estar armado", diria Dora).

— E agora, o que você sente? — perguntou.

— Escuto uma música chata e sinto o cheiro do charuto.

— O cheiro do charuto? Não me faça de bobo, detetive. Você sente o cheiro das bocetas. E sabe o quê? Elas cheiram todas iguais.

— Sinceramente, sr. Caled...

— Não me leve a mal — ele interrompeu minha frase. — O que eu quero dizer é que você não distinguiria uma Ana... Ana...

— Cíntia — completei.

— Uma Ana Cíntia de uma Maria de Fátima pelo cheiro das... vaginas. Mulheres são todas iguais. Agora fique com os olhos fechados e tente não respirar por alguns momentos... vamos!

Fechei os olhos, tapei as narinas com os dedos e me perguntei o que eu estava fazendo ali.
— E agora, detetive, o que você sente?
— Escuto *búsica* — eu disse, ainda com as narinas tapadas.
— Vê? Mulheres não existem. São uma ilusão. Como champanhe, como música!
Pousou sua mão sobre a minha:
— Não vá criar confusão aqui em minha casa, hein? A freguesia não gosta. — Sorriu com infinita bondade. — Agora, com sua licença, Caled vai embora. Boa sorte, filho.
Levantou-se e desapareceu na escuridão da Dervixe.
Por alguns minutos fui incapaz de qualquer reação. Aos poucos a música estridente como um bate-estaca foi me tirando da letargia. Olhei para o palco e observei o movimento mecânico das dançarinas. Uma delas sorriu para mim com lascívia.
Se aquilo era uma ilusão, pelo menos era uma ilusão de peitos grandes e suculentos.

8.
Os cabelos dela eram negros e longos, como os de uma odalisca, e seus olhos brilhavam como olhos de cobra (não sei se olhos de cobra brilham, mas naquele momento imaginei que sim).
Eu continuava sentado na mesma mesa onde Caled me ensinara alguns segredos a respeito da natureza feminina. O lugar cheirava a mofo. Pedi uma cerveja à garçonete. Para quem dizia que mulheres eram uma ilusão, Caled até que mantinha um bom número delas a seu serviço. Ela trouxe a cerveja numa garrafa escura, molhada, e encheu o copo até transbordar espuma. Sorriu. Bebi um gole demorado, apontei o copo na direção da dançarina e, desenhando com ele uma elipse imaginária, convidei-a à mesa. Ela respondeu com um sinal das mãos enquanto movia os lábios vagarosamente, sem emitir som, pronunciando a palavra *depois*. E então continuou dançando, me olhando com seus olhos lascivos.

Depois de dez minutos sentou-se ao meu lado.
— Bebe alguma coisa? — perguntei.
— Qualquer coisa.
Pedi mais cerveja.
— Qual o seu nome?
— Fátima, e o seu?
— Bellini.
Alguns segundos de silêncio.
— Fátima, acho que você pode me ajudar.
— Posso? — sorriu com ambiguidade.
— Não do jeito que você está pensando... — corrigi.
— Não? Tem certeza?
— Fátima, eu não tenho certeza de nada. Nunca tive. Não me pergunte se tenho certeza de alguma coisa.
— Ih... — Ela franziu os olhos e o nariz numa careta. Depois, completou: — Fala, Bellini, como eu posso te ajudar?
— Estou procurando uma garota que se chama Ana Cíntia Lopes.
— Quem?
Talvez Caled estivesse certo, pensei, e Ana Cíntia fosse apenas uma ilusão do dr. Rafidjian.
— Ana Cíntia! — afirmei impaciente. — Ou outro nome qualquer, sei lá. Mas trabalha, ou trabalhou aqui.
— Não com esse nome. Não mesmo. — Notei um brilho de desconfiança em seus olhos enquanto ela perguntava: — Você é cana?
— Por acaso eu tenho cara de cana?
Olhou-me atentamente por um instante:
— Tem sim.
— Eu tenho cara de cana? Eu? E você, sabe do que você tem cara?
Fátima arregalou os olhos aguardando a resposta.
— Cara de puta!
— Mas eu sou puta!

9.
Quem demonstrava problemas com a ideia de ser confundido com um tira era eu. Portanto, já que a provocação de chamá-la de puta não tinha dado certo, reiniciei a conversa num tom mais brando:
— Eu sou detetive particular, Fátima.
— E qual é a diferença entre um detetive particular e um detetive da polícia?
— A mesma que existe entre o banheiro da minha casa e o mictório da praça da Sé.
— Mas eu não conheço o banheiro da tua casa — disse.
— O.k., Fátima, acho que você não quer me ajudar.
— Não, eu estou só brincando... eu entendi o que você quis dizer. Você se acha moralmente mais limpo que um cana, não é isso?
— Isso mesmo.
— Então me diz como é essa Ana Cíntia.
Demorei um tempo para formular a resposta:
— Eu não sei.
— Assim fica difícil.
Um silêncio momentâneo instalou-se entre nós.
Era verdade que eu não sabia quem eu estava procurando, e nem por quê.
Olhei para Fátima e senti uma atração se fazendo notar por baixo de minhas calças. Apesar do romantismo que a situação inspirava, notei também que precisava urinar. Fui até o banheiro. Esperei que meu pau amolecesse e enquanto urinava reparei que o mictório me lembrava uma pia batismal. A visão daquela pia batismal conspurcada de urina evocou alguns sons esquecidos em recônditos da minha memória. Por exemplo, os murmúrios de minha mãe na missa de domingo, repetindo à exaustão uma frase monótona, para mim extremamente perturbadora e enigmática: "Cordeiro de Deus, que tirai os pecados do mundo, tende piedade de nós".

E a voz de meu pai, quando lhe comuniquei a decisão de abandonar seu escritório: "Você vai abrir mão de uma carreira nobre e promissora de advogado para se envolver com gente de caráter duvidoso em lugares onde a mínima moral não é respeitada? Isso é um absurdo".

Ou ainda, as palavras mudas de minha ex-mulher no bilhete que anunciava sua despedida, deixado entre os lençóis desarrumados de nossa cama: "Eu me casei com um homem de ideais e princípios, não com um menino que se recusa a crescer e insiste em acreditar em fantasias e histórias de detetives".

A água fria que jorrava da torneira da pia espantou os fantasmas e me trouxe de volta ao banheiro da Dervixe. Retornei à mesa com a intuição de que não mais encontraria Fátima, mas ela ainda estava lá, com seus peitos grandes e os olhos ofídicos. Sentei-me, aproximei minha cadeira da sua e resolvi ser mais objetivo:

— Se você me quebrar essa, Fátima, fico te devendo uma.

10.

Eu sabia que no mundo da noite uma palavra de honra valia mais que um contrato assinado e sacramentado. E não estava enganado.

Fátima me assegurou que frequentava o circuito de casas noturnas da rua Augusta havia mais de três anos. Apesar de conhecer numerosas Anas Marias, Anas Lúcias, Anas Teresas e várias outras Anas, me garantiu que nunca ouvira falar de nenhuma Ana Cíntia. Pedi que se lembrasse de dançarinas que tivessem saído do circuito nos últimos meses. Novamente uma enxurrada de nomes femininos desabou sobre mim. Até mesmo alguns travestis foram mencionados e não deixei de considerar a possibilidade de Ana Cíntia ser um homem, pois, como diria Caled, "mulheres são uma ilusão". Ao final da conversa, entretanto, apenas dois nomes se encaixavam na personagem de "cabelos castanhos à altura dos ombros, olhos escuros e sobrancelhas grossas, rosto quadrado e corpo magro mas de pernas musculosas", como a descrevia o misterioso dr. Rafidjian. Elas eram as dançarinas Camila e Dinéia.

Dinéia tinha engravidado e como não queria abortar voltara para a casa da mãe no interior. Perguntei:

— Interior de onde?

— Não sei, algum interior desse Brasil.

Ótimo, pensei, apenas alguns milhões de quilômetros quadrados a vasculhar.

Camila também estava sumida, mas Fátima não sabia dizer por quê.

— A Camila é muito louca, sempre some e depois volta mais pirada do que já era.

— Como assim, louca?

— Louca de pó, de fumo, de bola, de pico, de pedra. Do que tiver.

— E some pra onde?

— Ela já foi internada não sei em que lugar... num hospital ou num hospício, sei lá.

Nesse momento consultei casualmente o relógio: 2h40 da manhã.

Lembrei-me que, à tarde, perdera algum tempo tentando localizar por telefone o tal Iório, o tira da Quarta DP. Encontrei-o em sua própria casa, onde ainda dormia por volta das cinco da tarde. Sua mulher me avisou:

— O Iório trocou o dia pela noite faz muito tempo.

— É que eu tenho urgência.

— Mas quem fala? — perguntou, com entonação italianada.

— É Bellini, assistente de Dora Lobo.

— Do detetive Lobo? Um momento.

(Esse era o tipo de ambiguidade sexual que Dora amava suscitar: quem era o detetive Lobo, afinal de contas? Um homenzarrão de chapéu e sobretudo, com um cachimbo fumegante preso entre os lábios?)

Depois de alguns minutos Iório atendeu-me com voz rouca e mal-humorada. Expliquei-lhe rapidamente a situação e combinamos um encontro às três horas da manhã no bar Bisteca d'Ouro, na rua da Consolação.

Fátima e eu saímos apressados da Dervixe. Pegamos um táxi e deixei-a no Hotel Mênfis, na rua Frei Caneca. Entreguei-lhe algum dinheiro como indenização pelas horas de trabalho perdidas.
— Me liga se lembrar de mais alguma coisa.
— E só me dar o número.
Anotei os telefones de casa e do escritório em sua mão, pois não havia mais folhas em branco em minha agenda. Antes que ela descesse do carro, não sei por iniciativa de quem, trocamos um beijo na boca. Um beijo intenso, úmido, nervoso e inevitável. Seus seios eram grandes e isso havia me perturbado por toda a noite. Passei as mãos sobre eles por cima da miniblusa. Eles pareciam duros ao olhar, mas ao tocá-los notei que eram macios. Os bicos, esses sim, ficaram duros como pedra e se projetaram em alto-relevo sob a superfície lisa do tecido escuro da miniblusa.
Fátima desvencilhou-se e saiu do carro rindo.
— Você vai perder a hora — disse, e bateu a porta do táxi.
Antes que ela entrasse no hotel, perguntei:
— Você conhece um médico esquisito que fica de tocaia dentro do carro, observando o movimento em frente à Dervixe?
— Médico? Não, ninguém fica de tocaia ali, só a polícia de vez em quando.

Cheguei ao Bisteca d'Ouro antes das três horas. Algumas viaturas policiais estacionadas irradiavam pela calçada o som característico de vozes metálicas intercaladas por estática.

11.

No ano em que trabalhei como advogado assistente de meu pai, fui tratado mais como um estagiário do que como um advogado propriamente dito. Isso me proporcionou intermináveis horas de ócio sentado a sua mesa. Eu tinha a ilusão de que me tornaria também um grande criminalista apenas por estar ali, sentado onde Túlio Bellini costumava sentar-se. Aquilo me dava a sensação de que as coisas estavam sob controle. Telefonava para minha mulher de meia em meia hora, dizia "eu te amo" e pensava que nosso casamento duraria para sempre. Às vezes pedia café à secretária, d. Helga, acendia um dos havanas (Montecristos número 2, especiais) que repousavam numa caixa de madeira clara sobre a mesa e observava atentamente os livros na estante. Geralmente títulos específicos de direito criminal não me pareciam interessantes, mas havia outros volumes que me atraíam. O *Dicionário de mitologia grega e romana*, de Pierre Grimal, era um deles. Um dia retirei o livro da estante. Virei as páginas aleatoriamente, sem me fixar em nada, até que cheguei à letra R. Instintivamente procurei o verbete "Remo".

> REMO. (Remus) Remo é, na lenda da fundação de Roma, o irmão gêmeo de Rômulo. Segundo uma explicação isolada, e evidentemente tardia, fora dado à criança o nome de Remo porque ela era "lenta" em tudo. O que explicaria que fosse suplantada por Rômulo. Remo, na lenda, é apresentado como o "duplo" infeliz de seu irmão.

É verdade que o nome Remo nunca foi totalmente suprimido de minha vida, mas consegui que me chamassem (com uma ou outra exceção) de Bellini durante o pré-primário, primário, ginásio e colegial. E continuei Bellini na faculdade de direito.

Isso me deu uma sensação de plenitude, como uma anestesia, e fez com que aqueles dois gêmeos esquisitos e ameaçadores que mamavam leite de loba permanecessem afastados dos acontecimentos do meu dia a dia.

Depois de formado me transformei em dr. Bellini, o que durou pouco, pois nunca me acostumei à ideia de ser chamado de doutor.

Sobrevivi como Bellini (e sou de fato um sobrevivente), mas não me libertei jamais do fantasma ameaçador de Rômulo, pairando sobre minha cabeça, me lembrando do que eu deveria ter sido e nunca fui.

12.

O Bisteca d'Ouro era frequentado por policiais e uma das poucas boas coisas que eu herdei de Túlio Bellini foi sua colossal aversão a policiais.

Eu não conhecia Iório e imaginava que ele fosse um policial típico, portanto difícil de ser encontrado entre os tiras que infestavam o Bisteca naquela madrugada, já que eles, em geral, são muito parecidos. Mas alguma coisa o diferenciava. Talvez a barba branca e rala por fazer, talvez o aspecto de alguém que gostasse de cuidar de passarinhos.

Logo que entrei, ele me acolheu de braços abertos, num gesto, devo admitir, invulgarmente caloroso tratando-se de um policial. Desconfiei um pouco. Com tiras, diria Dora, "é melhor manter um pé atrás".

Iório falou:

— Ah, então você é o novo assistente do Lobo? Mas aquilo não é um lobo, é uma raposa.

E seguiram-se gargalhadas, inclusive de outros tiras, todos velhos, quase decrépitos, como se estivessem ali participando de algum evento do asilo oficial da corporação.

— Essa aqui é a velha guarda da polícia de São Paulo.

Talvez policiais ficassem mais simpáticos à medida que envelhecessem.

Ele me apresentou um a um seus companheiros, depois me puxou até uma mesinha no canto esquerdo do salão. Pediu ao garçom cerveja gelada e filé-aperitivo, "pra forrar". Perguntou-me:

— O que você acha de umas fatias de pão francês pra molhar no caldinho da carne?
Bebemos cerveja e comemos fatias de pão com filé acebolado, enquanto eu lhe relatava com pormenores toda a história.
Após escutar minha narrativa, Iório não fez um único comentário. Apenas estendeu o braço esquerdo e abriu a mão em minha direção. Com a mão direita chamou um sujeito que estava sentado junto ao balcão. Era um rapaz magro com uma argola prateada na orelha esquerda. Usava os cabelos longos apesar das entradas devastadoras que lhe alargavam a testa. Seu nome era Stone.
Stone não tinha mais que vinte e dois anos e uma postura arrogante mal disfarçava sua insegurança e fragilidade. A princípio pensei que fosse um policial jovem, um investigador ou algo no gênero. Mas a atitude agressiva e mal-humorada de Iório em relação a ele provou que eu estava enganado. Era um informante.
Iório transformou-se, de repente, de um simpático velhinho num torturador implacável:
— Stone, seu traficantezinho de merda. Se você não quer passar férias em Cannes, é melhor entregar o serviço pro amigo aqui, entendeu?
Stone, com certeza um letrado em gíria policial, aquiesceu humildemente. Iório levantou-se, beijou meu rosto e partiu sem dizer nada.
Ficamos ali sentados Stone e eu.

13.
Estudamo-nos mutuamente, como dois adversários que se enfrentam num ringue de boxe. Reparei que Stone só funcionaria no tranco, como se diz no jargão policial; mas eu não era um tira e precisava obter alguma vantagem desse fato. Tentei fazer a linha do "compreensivo" e expliquei-lhe que não tinha a menor intenção de deixá-lo em maus lençóis com Iório, e essa baboseira toda que se diz quando se quer parecer cúmplice de um bandido.
— Manda logo, velho — ele disse. — Estou com pressa.

***

Não sei por quê, aquilo me lembrou a primeira vez que fui a um bordel. Era uma casa amarela na alameda Glete, no centro da cidade. Eu tinha treze anos, virgem, e fui até lá na companhia de um primo mais velho que já conhecia o lugar.

Fazia calor e estávamos no meio da tarde de um dia de dezembro.

Quando me vi sozinho com uma prostituta loura dentro de um quarto escuro e abafado, tentei parecer sensível e amigável. Pensei que me mostrando diferente dos outros fregueses talvez recebesse uma atenção um pouco menos "profissional".

Mas ela não se sensibilizou e disse apenas: "Pára de falar e mete logo, que você só tem vinte minutos". E não despiu a blusa, apenas a calcinha, pois "pra ver o peito sai mais caro".

Não foi possível conseguir uma ereção, apesar de todas as tentativas desesperadas que ocuparam os vinte minutos a que eu tinha direito.

14.

Olhei para a cara de Stone, que aguardava impaciente uma palavra qualquer.

— Conhece Ana Cíntia Lopes? — perguntei.

— No.

— Alguma dançarina da Dervixe que tenha desaparecido no último mês?

— A few.

— Afiu?

— A few, honey... Algumas, em inglês.

— Então me diga o nome, aspecto físico e o que mais souber de cada uma delas. — Eu me esforçava em parecer sério e profissional, como num inquérito policial.

— Well, let's see... — Ele pensou por um instante. — Dinéia.

— Dinéia?

— Você conhece a Dinéia? — perguntou.

— Só de nome. Como ela é?
— É morena, cabelo curto. Magrinha, mas as tetas são grandes, tipo Playboy americana, you know what I mean?

Concordei com um movimento de cabeça. Ele prosseguiu:

— Ela ficou grávida, parece, e voltou pra casa da família no Paraná.

— Em que cidade do Paraná?

— Não sei, brother, não conheço ela tão bem assim. Já fiz uns shows com a Dinéia pela noite. Nice girl.

— Devagar — eu disse. — Estou anotando. — E tentava encontrar espaços em branco na minha agenda. — Quem mais?

— Simone. Foi pro Japão num show de samba. Ela é o que se chama de uma mulata monumento, d'you know? Deve ter arrumado um otário de olho pequeno e bolso grande. — Stone repuxou os cantos dos olhos com os dedos, numa imitação grotesca.

— Sem piadas — eu disse, bastante irritado com aquele idiota.

— All right, boss, você que manda. Vamos ver quem mais. Yvone, aquela vaca. A Yvone me passou uma gonorreia, do you believe? Você já pegou gonorreia?

— Eu? Não.

— I guess you didn't. Tem a Alessandra, vesga. A mulher que você tá procurando é vesga?

— Não.

— A Ruth levou umas navalhadas no rosto, se meteu a besta com o pimp. Sabia que cafiola em inglês é pimp?

— Não.

— A mulher que você procura tem uma cicatriz no rosto?

— Não.

— Ela usa tatoo? Eu conheço uma vagabunda, Sílvia, tatuada no pescoço, nas tetas e...

— Chega? — interrompi o discurso desconexo daquele rato. — Eu faço as perguntas.

Meu tom de voz atraiu Iório, que se aproximou dirigindo um olhar furioso a Stone:

— Algum problema, Bellini?
— Tudo sob controle.
Iório afastou-se ressabiado e notei apreensão no rosto de Stone. Aproveitei para objetivar a conversa, reassumindo a posição do inquiridor:
— E Camila, você conhece alguma Camila?
— Claro. Ela fazia um show alucinante com um gringo, um tal Manuel ou Miguel, não lembro. Faz tempo que eu não vejo a Camila.
— Como ela é?
— Fucking beautiful. Magra, cheia de clima, gostosa.
— Você sabe onde ela está?
— Em Santos. Ela é de lá. Na época desse show com o gringo, diziam que andava mal, muito cansada e doente. A Camila é barra. Louca, totalmente junky. Já arrumei pó pra ela. Anfetaminas também. Não consegue mais ficar sem, é foda.
— E em Santos, como eu a encontro?
— I don't know. Parece que ia tentar arrumar trabalho por lá. Pegando leve, sabe como é.
— Não, como é? — perguntei impaciente.
— Ela diz que quer se regenerar, but I don't believe. — Ele balançou com a ponta do dedo a argola pendurada na orelha. — Eu tenho um palpite.
— Qual? — Lá fora o dia clareava.
— Seguinte: pra mim ela foi direto pra região do cais do porto. Tem uma porrada de muquifos por lá. A droga é very cheap e a grana pinta fácil. Tem muito marinheiro, eles pagam em dólar, you know.
— E o que mais?
— That's all. The end. — Olhou para mim com desprezo. — É só?
O sujeito era de uma arrogância insuportável. Perguntei:
— Você conhece um tal dr. Rafidjian, um tipo esquisito que fica observando o movimento na calçada da Dervixe de dentro do seu carro estacionado?
— No.

Stone foi embora e notei que ele mancava um pouco, puxando a perna direita ao caminhar. Seu passo trôpego só aumentava a impressão de um caráter esfacelado. Pedi uma cerveja e reparei que Iório também não se encontrava mais no lugar.

Consultei o relógio, 6h30. A manhã já se anunciava por meio de seus ruídos característicos: automóveis e ônibus em movimento, portas de padarias se abrindo e noticiários radiofônicos.

Eu teria duas horas para preparar meu primeiro relatório e telefonar a tempo de surpreender Dora ao final de seus exercícios diários de aikido.

Pedi a conta e um café forte sem açúcar. Depois caminhei contra a brisa fria da manhã.

18 de maio, sexta-feira de manhã

1.
Liguei para Dora às 8h15 e após narrar os acontecimentos a resposta que obtive foi:
— O que você acha disso tudo?
Eu, pálido, com olheiras, cansado, faminto:
— Sei lá, Dora. Você é que tem que achar alguma coisa. Eu só recolho informações.
— Sabe o que eu acho? Acho esse Caled um machista ridículo e desagradável e essa teoria de que mulheres são uma ilusão, além de um lugar-comum extremamente vulgar, a maior bobagem que ouvi nos últimos tempos!
Depois de alguns segundos de silêncio e constrangimento, quando me faltaram disposição e argumentos para sair em defesa de Caled e sua teoria, ela disse:
— Nós estamos na pista certa, precisamos encontrar Dinéia e Camila, só isso.
— Só isso?
— É. Quero analisar melhor alguns aspectos do seu relatório, deixe-o com o porteiro do prédio, Rita se encarrega de mandar o boy buscá-lo. Quanto a você... — calou-se num silêncio indeciso — durma um pouco e aguarde instruções.
Desligamos. A velha senhora estava preocupada, eu poderia

dizer pelo tom da sua voz. Alguma coisa não se encaixava na história, mas eu estava cansado o suficiente para não me preocupar com isso.

2.

A impressão que tive foi a de que mal me deitei e fechei os olhos, o telefone imediatamente tocou. Eram 14h35 no meu relógio, o que significava que havia dormido pelo menos umas cinco horas. Atendi.

— Bellini, te acordei?
— Não, quero dizer, sim... quem fala?
— É Fátima. Descobri onde Dinéia está.
— Não me diga que é no Paraná. — A última sílaba, *ná*, foi pronunciada na forma de um bocejo.
— Como você sabe? — ela perguntou.
— Meu amor, lembra daquela conversa sobre a diferença entre o detetive particular e o detetive da polícia? A eficiência é um dos fatores dessa diferença.
— Legal, Bellini. Então você não precisa mais de mim?
— Preciso. Eu sei que ela está no Paraná, mas não sei em que cidade.
— Ah, então não é tão eficiente assim, não é mesmo?

Apesar de não poder vê-la, sentia seus olhos faiscando do outro lado da linha.

— A gente faz o que pode — afirmei. — Qual é a cidade?
— Cornélio Procópio. É a terra dela. Me disseram que vai ficar na casa da mãe até nascer o bebê.
— Muito bem. Quando você se cansar da vida de dançarina pode tentar a sorte como detetive.
— Detetive mulher?
— Por que não? Eu conheço uma.
— Legal, cara. — Silêncio rápido. — Olha, adorei aquele beijo que a gente deu ontem.

Eu quase perguntei: "Que beijo?", mas disse:
— É.

— Vamos sair qualquer dia? — propôs Fátima.
— Liga pra mim.

Enquanto discava para Dora pensei na facilidade que um homem tem de perder a cabeça e fazer uma besteira quando bebe um pouco e vê dois peitos grandes e duros olhando pra sua cara.

3.

O Lobo foi curto e grosso:
— Vá pra Santos imediatamente e só volte com endereço e fotografias dessa Camila.

Lembrou-me que estaria esperando relatórios diários via telefone, como de praxe. Depois os estudaria por escrito, quando eu voltasse.

Perguntei-lhe sobre a preocupação que deixara transparecer no telefonema da manhã, quando deu a entender que algo não se encaixava na história toda. Respondeu:

— Não foi nada não, devo estar ficando velha e rabugenta, só isso.
— E quanto a Dinéia?
— Deixa comigo.

Dora não tinha mais paciência para se deslocar de seu escritório, onde invariavelmente fumava Tiparillos e ouvia Paganini enquanto elucubrava sobre casos em que trabalhava. Portanto, quando disse: "Deixa comigo", supus que, como sempre fazia quando necessitava de trabalho adicional de investigação, contrataria um estudante ou detetive iniciante (que ela chamaria de "estagiário") e o enviaria a Cornélio Procópio atrás de Dinéia.

Juntei meu equipamento: câmera fotográfica, bloco de anotações, caneta, canivete, a pistola Beretta 9 mm automática, com silenciador – presente de Dora para qualquer eventualidade (e que eu nunca tinha usado) –, e o inseparável companheiro e amigo de todas as horas, o uísque Jack Daniel's. Peguei também o walkman e várias fitas de blues e desci as escadas do Baronesa de Arary. Sentia fome. Parei no Luar de Agosto para o sanduíche de queijo provolone e salame, chope gelado e o café expresso.

Antônio perguntou:

— Vai viajar?

— Viagem rápida, semana que vem estou de volta.

— O adultério, ainda?

— De certa maneira sim.

Levantei-me, peguei a mala e caminhei em direção à avenida Paulista.

4.

Cheguei a Santos no começo da noite.

Estava abafado. Instalei-me num hotel na praia do Gonzaga, perto da avenida Ana Costa. O recepcionista lembrava um velho lutador de boxe, com nariz desossado e músculos flácidos. O quarto era pequeno e claustrofóbico, com papel de parede sujo e manchas no tapete. Deixei ali a mala e desci de volta ao térreo, onde bebi uma cerveja no bar que funcionava junto à recepção. O movimento era grande. Famílias inteiras, incluindo cães, ocupavam quartos com as mesmas dimensões do meu. Inacreditável o que essa gente faz por um fim de semana na praia.

Aproveitei um momento de calma e me aproximei do velho boxeador:

— Boa noite, meu nome é Bellini. — Estendi a mão.

— Boa noite, Domingos Estrada de Sintra ao seu dispor. — Ele apertou minha mão com firmeza. — Mas pode me chamar de Sintra.

Reparei no sotaque lusitano, o que combinava com o nome.
— O amigo está aqui a trabalho, não está? — perguntou.
— Estou, mas isso não vai me tomar muito tempo e... — pisquei um dos olhos — enquanto estiver de folga gostaria de me divertir um pouco.
— Ah, entendo, entendo — sorriu conivente. — Eu posso arrumar uns endereços para o amigo.
— Me acompanha numa cerveja? — perguntei.
— Claro, claro.

Sintra fez um sinal ao barman para que trouxesse uma garrafa ao balcão da recepção. Um casal entrou. Um velho cadavérico e uma moça de peitos empinados. Ela carregava a bagagem do casal, duas malas grandes. Enquanto Sintra ocupava-se deles, caminhei até a porta e dei uma olhada na calçada. Noite quente, muita gente na rua. Um fio de suor escorreu da minha testa. Olhei para dentro, Sintra estava sozinho novamente. Chamou-me de volta apontando para a garrafa de cerveja. Brindamos tilintando os copos. O barman trouxe um prato de louça branca cheio de tremoços para acompanhar a cerveja. Sintra os comia aos montes e cuspia as cascas transparentes dentro de sua mão esquerda, que mantinha fechada. Falou com a boca cheia:
— Sr. Bellini, eu tenho cá uma ideia melhor.
— A respeito de quê? — perguntei.
— A respeito de conhecer os lugares quentes da cidade, então!

Depois de uma pequena pausa, usada para engolir os tremoços que lhe lotavam a boca, prosseguiu:
— Meu genro é chofer de táxi. Se eu telefonar e disser que há aqui um freguês que quer conhecer a noite santista, ele vem na hora.
— Hoje mesmo?
— Então, agora mesmo!

Sintra sorriu e sua dentadura quase saltou para fora da boca. Ele fazia um barulho esquisito, como se limpasse constantemente os dentes com a língua. Bebemos mais uns goles e ele ligou para o genro, Duílio, marcando um encontro para as dez e meia da noite.

Eu ainda teria duas horas e aproveitaria para tomar banho, fazer a barba e olhar a TV ligada sem som, apenas pensando na vida. Na minha vida, que fique bem claro.

5.

Antes de subir de volta ao quarto, ligeiramente eufórico por efeito da cerveja, perguntei a Sintra:

— O senhor já lutou boxe?

— Não. Eu costumava arremessar pesos, mas faz muito tempo. O amigo achou que eu lutava boxe por causa de meu nariz quebrado?

Concordei.

— Não foram punhos que o quebraram.

Bebeu um gole da cerveja, enxaguando os dentes.

— Há anos, fiz parte da equipe de atletas da gloriosa Portuguesa Santista. Durante um treinamento no estádio Ulrico Mursa, me preparava para iniciar o primeiro arremesso do dia. Pernas flexionadas, o peso apoiado ao ombro direito, comecei a girar o corpo, concentrado mentalmente, de olhos fechados, unido ao peso pelo desejo de que ele voasse muito longe... pá! Ficou tudo escuro de repente. Desmaiei. A bolota de ferro caiu-me bem por cima do nariz. O osso espatifou-se, terrível.

Sintra cuspiu algumas cascas de tremoços dentro da mão esquerda.

— Desde então nunca mais arremessei um pesinho sequer. Mas já se vão muitos anos, agora estou velho. O amigo Bellini quantos anos tem?

— Trinta e dois, quase trinta e três.

— Pois ainda está agora em tempo de gozar a juventude. Levantou o copo de cerveja em minha direção:

— Viva a juventude! Viva a juventude com todas as suas dúvidas e desperdícios! O grande tesouro, o único tesouro. A juventude!

Sintra sorriu (com lágrimas nos olhos) e a dentadura ameaçou saltar para fora da boca novamente. Retribuí o brinde, disse: "Viva!" e voltei ao quarto.

6.

Só muito mais tarde, na madrugada, encontrei a pista que me levaria a Camila.

E Stone, o informante, estava certo. Encontrei a pista na região do cais do porto, a tal frequentada por marinheiros e onde a droga era "very cheap", segundo ele.

Como estratégia de investigação, optei por começar os trabalhos fazendo uma rápida varredura em boates, bordéis e pontos de prostituição das regiões centrais e próximas às praias. Deixei o cais do porto para o fim, para poder dedicar-me a ele com mais critério. Mas antes de chegar lá, será interessante que se conheçam alguns fatos ocorridos dentro do táxi de Duílio, o genro de Sintra.

Ele tinha entre trinta e cinco e quarenta anos de idade. Totalmente calvo, usava um bigode ralo que mal lhe cobria o lábio superior. Uma tatuagem de âncora azulada na parte interior do antebraço esquerdo conferia-lhe um ar de marinheiro. A pele gasta e enrugada sugeria muito tempo de exposição ao sol. Trazia alguns fetiches pendurados no espelho retrovisor do táxi, como fitas velhas de Nosso Senhor do Bonfim e contas coloridas de umbanda. Lacónico, Duílio limitava-se a falar quando era requisitado.

Por volta de duas horas da madrugada, enquanto percorríamos a avenida Beira-Mar em direção ao cais do porto, depois de três horas de trabalho inútil, percebendo o cansaço que eu externava através de um longo bocejo, perguntou-me à queima-roupa:

— Sono, patrão?
— Um pouco — respondi.

— Se quiser a gente dá um jeito de espantar isso aí.

Não foi preciso nenhum esforço de raciocínio para deduzir que ele se referia à cocaína. Embora Sherlock Holmes tenha feito uso racional e produtivo da droga, eu mesmo quando a usei, no último ano do meu casamento, não tive com ela um relacionamento muito feliz. É verdade que naquele ano fatídico, 1980, não tive um relacionamento feliz com ninguém. Pelo contrário, esse foi o ano em que desmoronou minha vida. Meu casamento acabou, assim como a minha carreira de advogado, e não sei até hoje que relação teve a cocaína com tudo isso, se é que teve alguma. O que sei é que ela foi a única companheira fiel enquanto Túlio Bellini e minha ex-mulher transformavam-se gradativamente em fantasmas distantes e assustadores.

Apesar de fiel, a cocaína nunca me livrou, no entanto, da angústia e da depressão, e foi por isso, acredito, que me desvencilhei dela quando comecei a trabalhar com Dora (desde que conheci o Lobo uma nova vida começou para mim). Portanto, apesar de um pouco perturbado, tratei de desconversar, fingindo não ter entendido a insinuação de Duílio.

— Não precisa não, obrigado.

Ele foi insistente:

— Se quiser dar um tirinho, é só falar.

— Você tem aí?

Ele assentiu com um movimento de cabeça.

Aquela afirmação mudou o curso dos acontecimentos. A presença do pó ali, tão próximo, lançou-me às garras sedutoras da tentação. Lembrei-me de Sigmund Freud, para mim, o maior detetive de todos os tempos. Ele também foi um consumidor de cocaína. Que grandes casos não terá resolvido com a sua ajuda? Como num desenho animado, imaginei minha cabeça ladeada por duas pequenas figuras. Um anjo e um demônio. O demônio dizendo: "Sigmund Freud, Sherlock Holmes, Sigmund Freud, Sherlock Holmes...". E o anjo: "Dora Lobo, Túlio Bellini, Dora Lobo, Túlio Bellini...".

— E então, vai aí? — a voz do marinheiro espantou anjos e demônios. Como tivesse que me decidir, optei pelo conselho mais sedutor, obviamente o do demônio, sussurrando ao meu ouvido aqueles dois nomes brilhantes e carismáticos: "Sigmund Freud, Sherlock Holmes...".

— Tá bom, Duílio, mas só uma linha.

Ele tirou do bolso da camisa um vidrinho feito especialmente para o consumo do pó. A tampinha do vidro se desdobrava numa espécie de colher minúscula, do tamanho aproximado de um dos buracos do nariz. Aspiramos sem dificuldades, com o carro ainda em movimento, e depois disso nos tornamos falantes e mais simpáticos um ao outro.

7.

Sempre que cheirava pó, minha primeira sensação era uma vontade de congelar aquele estado de felicidade química, para que pudesse durar eternamente. Depois disso, tornava-me ansioso e um pouco desconfiado. E foi assim, ansioso e desconfiado, que repentinamente fui assaltado por um de meus velhos e familiares fantasmas.

Era o fantasma da minha ex-mulher e eu sabia por que havia me lembrado dela.

No último ano de nosso casamento, como que confirmando que ele não passava de um engano, minha ex-mulher, desgostosa com minha indefinição profissional e com minhas fantasias (que ela chamava de "adolescentes"), passou a desaparecer periodicamente de nossa casa.

No começo, a pretexto de sair para beber com amigas, voltava para casa de madrugada. A cada dia chegava um pouco mais tarde. Depois, passou a desaparecer pela noite toda, retornando já com o dia claro. Por fim, pouco antes de me abandonar definitivamente, sumia por dois, três dias seguidos.

Nessa época, não é preciso dizer, fiquei confuso. As coisas não estavam indo muito bem no escritório, onde meu pai me cobrava sempre uma postura diferente da que eu assumia, e talvez por isso tudo eu tenha me iniciado no hábito de consumir cocaína. Nunca cheguei a me viciar, nem nada disso. Mas muitas vezes saí em busca do paradeiro de minha ex-mulher, procurando-a a esmo pela cidade, investigando os bares que conhecíamos, não raramente entrando nos banheiros desses mesmos bares para cheirar mais uma linha do pó. Assim me mantinha acordado por noites inteiras nessa busca inútil: eu nunca a encontrava.

Se isso não me ajudou a salvar o casamento, pelo menos forneceu um know-how básico para que pudesse mais tarde exercer a profissão de detetive.

A verdade é que foi impossível não me lembrar de minha ex-mulher (com toda a dor que isso trazia), enquanto estava sob o efeito do pó, procurando por Camila, uma mulher que, como ela, no fundo eu não conhecia.

8.

Eram quase três horas da manhã quando chegamos ao cais do porto, região infestada por pequenos inferninhos, boates, bordéis e todo tipo de espelunca que se pode encontrar numa cidade que tem o maior porto do país.

Luzes coloridas piscavam em diferentes ritmos e o cheiro salgado da brisa marítima se misturava ao odor de urina seca.

Disse a Duílio que me aguardasse numa esquina relativamente bem iluminada, em frente a um bar, e percorri ruelas calçadas com paralelepípedos. Elas se emaranhavam desenhando estranhas formas geométricas, como num labirinto. Além dos personagens típicos, a que eu já estava acostumado, como prostitutas, cafetões e traficantes, o labirinto apresentava muitos marinheiros, que apesar das diferentes raças e nacionalidades pareciam fazer parte de uma mesma espécie que os diferenciava de nós, os habitantes da terra firme. Para eles, aquele lugar nada mais era que um porto onde estavam temporariamente ancorados em busca de drogas, bebidas e sexo.

Avistei um barzinho mal iluminado onde um grupo de marinheiros chineses tentava inutilmente se comunicar com um travesti mulato de cabelos louros.

Pela primeira vez vislumbrei uma saída daquele labirinto.

A princípio supus mais uma tentativa infrutífera, como todas as outras até aquele momento. Espremi meu corpo por entre os marinheiros e apoiei-me no balcão de mármore rachado. Repeti maquinalmente a pergunta que havia feito dezenas de vezes:

— Conhece uma garota chamada Camila, que tenha aparecido nas últimas semanas, vinda de São Paulo, dezoito anos, cabelos castanhos à altura dos ombros, olhos escuros e sobrancelhas grossas, rosto quadrado e corpo magro de pernas musculosas?

O homem por trás do balcão, um português gordo, careca e com barba por fazer, olhou-me espantado:

— Fale com a d. Luísa, ela está lá atrás, na boate.

O que ele chamava de boate era um quarto escuro ligado ao bar por uma passagem da largura de uma porta, com tiras coloridas de plástico penduradas. Lá dentro uma luz roxa, escura, mal iluminava alguns casais que dançavam ao som de uma música cantada a todo o volume por um cantor de voz esganiçada. Num dos cantos do quarto, que não tinha janelas, sentada ao lado de uma vitrola, uma senhora gorda de cabelos vermelhos parecia administrar o ambiente movendo a cabeça e controlando o que acontecia à sua volta. Deduzi que fosse a tal d. Luísa. Anunciei-me.

Voltamos ao bar, fugindo da música que não nos permitia conversar.

Assim que chegamos ao balcão, o português gordo foi logo dizendo:

— Luísa, esse rapaz está procurando aquela moça, a Camila.

Luísa mediu-me de cima a baixo:

— O que o senhor quer com a Camila?

— Encontrá-la.

— Por quê?

— Sou cliente dela, venho de São Paulo... a senhora sabe, saudades.
Luísa sorriu num misto de conivência e desconfiança.
— Eu não sei onde ela mora, mas acho que sei onde está trabalhando.
Pediu um conhaque ao gordo. Prosseguiu:
— A moça me procurou há algum tempo, queria trabalho. Mas Camila é uma jovem bonita, fina, o senhor conhece... não teria condições de trabalhar aqui. Confesso que tive pena dela, parecia desnorteada, sem rumo, como se tivesse levado o fora do namorado. Resolvi ajudar.
Bebeu de um gole o conhaque de alcatrão.
— Então me lembrei do cassino. O senhor conhece o cassino?
— Que eu saiba eles estão proibidos em território nacional — afirmei.
— Mas esse é um cassino clandestino que funciona em Cubatão nos fins de semana. É um lugar finíssimo, só gente da alta sociedade de São Paulo. Me parece que ela conseguiu um contrato.
— Onde fica? — perguntei excitado.
— O senhor é o namorado que deu o fora nela?
— Não. Eu sou uma espécie de... pombo-correio.
Os dois acharam graça dessa afirmação. Luísa vasculhou uma gaveta, deu-me um papel com o endereço do cassino, e eu me precipitei para a porta, abrindo caminho por entre a fumaça e os marinheiros. O gordo gritou:
— Hoje tu não encontras mais nada por lá. O trato com a polícia é que feche antes do amanhecer.
Olhei para o relógio, 4h18. Até chegarmos a Cubatão já seria dia claro. Bati com o punho fechado contra a palma da outra mão:
— Merda.
Os dois continuavam rindo. O travesti mulato também começou a rir. Os marinheiros chineses, embriagados, não estavam entendendo nada. Nem eu.
Enquanto me afastava, distingui a voz de Luísa no meio da barulheira:

— Calma, pombinho. Amanhã antes das oito da noite o cassino já está funcionando.

No caminho de volta ao hotel perguntei a Duílio se ele conhecia o cassino de Cubatão. Ele tinha os maxilares um pouco travados pelo pó.
— Claro, o cassino — respondeu.
Quando chegamos, falei:
— Descanse bem, hoje à noite vamos tentar a sorte na roleta.
Ele pousou a mão aberta sobre o bolso da camisa que guardava o vidrinho do pó, balançou-o e sorriu como quem diz: "Depois tem mais".

9.
No quarto, meu primeiro impulso foi ligar para Dora imediatamente, afinal aquela era uma pista real, palpável. Mas o horário, cinco horas da manhã, era inconveniente. Então aproveitei para trabalhar no relatório escrito. Dora era exigente com os textos de seus assistentes e erros de gramática e concordância eram praticamente imperdoáveis. Ela se parecia muito com uma diretora de colégio. Às vezes eu me perguntava se trocando o escritório de Túlio Bellini pelo de Dora Lobo eu não teria saído do fogo para cair na frigideira. O que diferenciava basicamente Dora Lobo de Túlio Bellini era o sexo. Túlio era homem e Dora, por mais ambígua que fosse, tinha entre as pernas uma fenda úmida, disso eu estava certo, embora nunca a tivesse visto nua.
E talvez isso explicasse tudo.

O cerco se fechava.
Naquele momento faltava pouco para que finalmente colocasse meus olhos sobre a tal Camila. Era impossível não pensar na teoria de Caled enquanto dentro do meu cérebro uma dan-

çarina misteriosa chamada Ana Cíntia se desdobrava em outras duas, as etéreas Camila e Dinéia, uma grávida e a outra dançando num cassino. Qual seria a próxima surpresa?

Redigi o relatório e antes que ligasse para Dora, como tivesse tempo de sobra, desci ao salão onde se servia o café da manhã. Apesar da cocaína, a fome era grande.

Devorei vários sanduíches de queijo com presunto, algumas tigelas de salada de frutas e um par de xícaras fumegantes de café com leite. Depois disso voltei ao quarto, e mesmo sem ter certeza de que não interromperia seus sagrados exercícios matinais de aikido, telefonei para o Lobo.

— Dora, desculpe o horário, mas tenho boas notícias.

— Não faz mal. Eu já estou acordada há algum tempo, Beatriz acabou de desligar.

— Quem é Beatriz? — perguntei.

— Beatriz é a estagiária que contratei e enviei a Cornélio Procópio atrás de Dinéia.

— E o que ela disse? — Eu tentei, mas não consegui esconder um pouco de ciúme no tom de voz.

— Disse que encontrou Dinéia e inclusive já a fotografou. Fez mais que isso, conseguiu falar com ela, fazendo-se passar por assistente social. — Dora estava entusiasmada e senti orgulho feminino em sua voz.

— Fez tudo isso em um dia? — Dessa vez nem tentei esconder o ciúme.

— O que te parece? Beatriz é uma ótima menina. Estudante de direito, inteligente e perspicaz, uma graça. Você precisa conhecer.

— Conhecer e ter umas aulas com ela. É isso que você quer dizer?

— Que é isso? Virou um garotinho ciumento?

— E o que mais essa Beatriz descobriu sobre Dinéia? — perguntei, na esperança de que ela desistisse de comentar meu ciúme.

— Você precisa deixar de ser tão inseguro, Bellini. Um homem com mais de trinta anos, detetive particular bem-sucedido e bem remunerado, sentir inveja de uma estudantezinha universitária? Deixa disso.

— Não enche o saco, eu não preciso dos teus conselhos. Além do mais, não me considero assim tão bem remunerado. Diz logo o que ela descobriu sobre a Dinéia.

— Não me falte com o respeito, frango!

Notei que ela me testava. Perguntei:

— Você fala essas coisas só pra me irritar? É uma tática?

— Isso mesmo, filhote. Eu gosto de testar o sangue-frio de meus assistentes. O senhor anda muito esquentadinho, por sinal. Está precisando arranjar uma namorada, já lhe falei isso.

— Namorada, namorada! Maravilhoso! — eu disse. — Se é pra entrar nesse mérito, que tal falarmos um pouco da sua vida sexual?

Foi um golpe baixo.

Ela permaneceu em silêncio por alguns segundos. Depois, percebendo que seria melhor não mexer no vespeiro, mudou de assunto, botando um ponto final naquela discussão reveladora:

— Bellini, querido, certos assuntos não devem ser discutidos assim, levianamente. De qualquer modo, nunca pelo telefone. Que tal nos concentrarmos na Dinéia? Beatriz descobriu que seu nome completo é Dinéia Duarte Isidoro e que está realmente grávida, mas é uma gravidez de risco e ela precisa ficar em repouso. Está hospedada na casa da mãe, uma casa pequena onde vivem mais cinco irmãos, todos mais novos que ela. O pai é falecido. Beatriz conseguiu várias fotos de Dinéia e família, alegando que fariam parte de uma pesquisa para o Departamento de Assistência Social da Prefeitura. Hoje mesmo estará de volta com as fotos. Temos boas chances de que Dinéia Isidoro seja a dançarina desaparecida do nosso misterioso dr. Rafidjian.

— E esse médico? — Cocei a cabeça. — Sujeito esquisito...

— Passei a tarde de ontem ao telefone fazendo algumas pesquisas. Dom Quixote é realmente um cirurgião infantil, de certa fama inclusive. Samuel Rafidjian Júnior, quarenta e oito, casado há vinte anos com Sofia Aronson Rafidjian, quarenta e dois, formada em psicologia, que não exerce. Um casamento aparentemente tranquilo. Três filhos, Samuel Neto, dezoito, prepara-se para seguir a carreira do pai; Sílvia, quinze, e Sérgio, dez, frequentam uma escola tradicional. Vivem num amplo apartamento no bairro de Higienópolis, sem dificuldades financeiras. Enfim, um cidadão bem-sucedido nos padrões que nossa sociedade admite como normais. — Após uma pausa para recuperar o fôlego, ela perguntou: — E quanto a você, quais são as suas novidades?

Li para ela meu relatório. Reparei que estava bem escrito e me envaideci, sabendo que Dora Lobo era apreciadora de boas narrativas policiais. É claro que o relatório sabiamente não citava as passagens com a cocaína, que eu ainda sentia ativa em minha corrente sanguínea, e que era com certeza a responsável por minha repentina e inusitada inspiração literária.

Dora disse:

— Não faz sentido você ter ciúmes de Beatriz, uma filhinha de papai de vinte e três anos, que se ofereceu para fazer esse trabalho só porque quer viajar para a Europa às próprias custas nas férias de julho. Além do quê, você está ficando insuperável nesses relatórios. A descrição que fez da região do cais do porto é excelente, tem alguma coisa de Simenon... — Depois, mais realista, completou: — Encontre logo essa Camila.

Desligamos.

Arrastei-me até a cama e escutei John Lee Hooker no walkman. Naquela manhã, além de Ana Cíntia, Dinéia e Camila, eu tinha mais uma figura de mulher no palco de minhas preocupações, Beatriz.

"Mulheres são uma ilusão, mulheres são uma ilusão, mulheres são uma ilusão."

Adormeci com a frase de Caled Tureg reverberando em meu cérebro, que, graças à cocaína, permanecia alerta como se um tufão se abatesse sobre ele.

19 de maio, sábado

1.
Passei a maior parte do dia dormindo um sono leve e nervoso. Num estado de semi-inconsciência, assaltou-me a memória um trecho daquele verbete "Remo" do *Dicionário de mitologia grega e romana*, que eu costumava ler nas horas de ócio no escritório de Túlio Bellini:

> REMO. (Remus) Rômulo e Remo estão de acordo quanto ao princípio: desejam fundar a sua cidade no local onde foram salvos, isto é, no sítio da futura Roma. Mas o local exato ainda não está determinado no seu espírito e é para conhecê-lo que decidem (a conselho de Numitor) interrogar os presságios. Para isso, Rômulo instala-se no Palatino e Remo no Aventino. A cidade será erigida no local onde os presságios forem favoráveis. Remo viu seis abutres enquanto Rômulo viu doze. Tendo o céu decidido deste modo a favor do Palatino (e, por consequência, de Rômulo), Rômulo começou a demarcar o limite da sua cidade. Esta primeira demarcação é um fosso cavado por uma charrua puxada por dois bois. Remo, decepcionado por não ter sido favorecido pelo céu, zomba desta proteção tão facilmente superável e, de um salto, penetra no interior do perímetro que o irmão acabara de consagrar. Este, irritado pelo sacrilégio, desembainha a espada e mata Remo.

A lembrança dessas palavras me fez pensar em presságios.
Por que Rômulo entendeu que o presságio favorável era o seu? Não seriam abutres aves agourentas, e o fato de ter visto doze abutres contra seis que viu Remo não determinaria que o bom presságio fosse o de Remo?
O que diferenciava um bom presságio de um mau presságio?
O que era, afinal, um presságio?
Será que houve alguma espécie de trapaça nessa história de Rômulo e Remo?
Por que apenas se conhecia a parte da lenda em que eles eram maternalmente amamentados por uma loba e não essa, bem mais brutal, em que um matou o outro por um motivo ainda mais torpe que o que levou Caim a assassinar Abel?
Não saberia responder a essas perguntas, mas, por causa delas, nomeei aquela noite a "noite dos presságios". É verdade que o primeiro deles surgiu na noite anterior, como cocaína, afinal depois de aspirá-la é que encontrei a pista de Camila. E por essa razão aceitei de bom grado, na noite seguinte, uma nova cafungada enquanto nos dirigíamos, Duílio e eu, ao cassino de Cubatão. Se aquilo era apenas uma desculpa que inventei para poder cheirar o pó sem ser importunado pela consciência, o fato é que também no cassino novas informações acabaram por me deixar ainda mais próximo de Camila.

2.
Não cabe aqui discorrer sobre o cassino, que em tudo lembrava uma escola de samba que retratasse uma alegoria de Las Vegas: espetacularmente falso, artificial e mal-acabado. Cortinas de veludo gasto, crupiês de smokings alugados, homens e mulheres sorrindo em esgares de alegria estúpida, decotes generosos e neblina de tabaco. Ali pairava o mesmo cheiro de mofo que eu sentira na Dervixe, com a diferença de que, no cassino, numa tentativa de fazer o ambiente parecer mais sofisticado, alguém espalhara pelo ar um odor falso de pinho em aerossol.

Será mais proveitoso que nos concentremos na sucessão de presságios que acabou me levando ao endereço de Camila.

O primeiro deles (um bom presságio? um mau presságio?) aconteceu em torno de uma das mesas de roleta. Chamou-me a atenção uma garota morena, de cabelos longos e vestido negro que revelava um decote voluptuoso. Ela beijou uma pilha de fichas e depositou-as sobre o número 3. Depois, gritou:

— O 3 é o meu número de sorte. Vai dar o 3!

O crupiê de orelhas de abano acionou o movimento da roleta. Todos os olhos se concentraram na dança mística da pequena bolinha. Antes que ela se decidisse por algum número, guiada por estranha e desconhecida força do destino, reparei num dos apostadores em volta da mesa. Era ele o meu presságio. O homem, praticamente idêntico a Caled, o beduíno, não era Caled. Talvez Tufik, o irmão de Caled. O fato de estar ali fazia algum sentido. Ou não. E se homens fossem também uma ilusão? Seria essa a teoria de Tufik? Era preciso investigar.

De repente uma explosão de expressões monossilábicas atraiu as atenções para a morena de cabelos longos e decote voluptuoso. Ela exultava:

— Eu falei que ia dar o 3, eu falei!

Seria aquele um outro presságio?

A mulher tinha ganhado na roleta! Se aquilo não era um bom presságio, o que seria então um bom presságio?

Bom presságio para mim ou para ela?

Presságios, assim como mulheres, seriam uma ilusão?

A metafísica me inundava, mas era preciso trabalhar. Caminhei até o bar na intenção de iniciar a investigação ao meu estilo, ou seja, pelo barman. E então, para minha surpresa, o barman também era um presságio. Eu o conhecia. Seu nome era Tadeshi, um nisei de vinte anos aproximadamente. Apesar da aparência de um jovem samurai, moralmente não se parecia em nada com um deles. Era um vigaristazinho que eu conhecera alguns meses antes num caso de extorsão. Ele não teve participação ativa no caso, apenas se incumbira de transportar a correspondência e recolher os pagamentos; por essa razão, Dora e eu resolvemos não denunciá-lo em troca de uma informação que nos levasse ao chefe da quadrilha, um marginal conhecido como Japonês. Resolvido o caso, sugerimos a Tadeshi que saísse de circulação por uns tempos, pois havia a possibilidade de sofrer represálias por ter entregado o bando. E eis que o reencontrava ali, como um abutre de olhos puxados, servindo bebidas aos fregueses do cassino de Cubatão. Um bom ou um mau presságio? Demonstrei uma alegria cínica:

— Tadeshi, que bom rever velhos amigos!

Ele não demonstrou alegria nenhuma ao me reconhecer.

— Trabalhando por aqui? — perguntou contrariado.

— Não, estou de férias gastando um pouco do dinheiro que vocês queriam extorquir do milionário gay. — (Esse era o motivo do golpe: o bando conseguira fotos de um milionário mantendo relações sexuais com um garoto de programa e ameaçava tornar públicas as fotos caso ele não desembolsasse uma nota preta.)

— Parabéns — respondeu num muxoxo.

— Então foi aqui que você encontrou um trabalho honesto? — perguntei.

— Eu nunca disse que procuraria um trabalho honesto. Eu disse que procuraria um trabalho, o honesto fica por sua conta.

Tadeshi se afastou para atender a um casal que já estava pela metade de uma garrafa de Grant's. Depois voltou com cara de que sabia que eu o tinha nas mãos.

— Qual é, Bellini, o que você quer? — perguntou determinado.

— Duas informações — respondi. — Primeira: você conhece uma dançarina chamada Camila? Ela trabalha aqui há pouco tempo, menos de um mês. — Eu me sentia cansado de repetir sempre a mesma história.

— Eu não sei o nome de ninguém. Existe uma ordem expressa do sr. Focca para que dançarinas e músicos não se misturem aos outros funcionários. Nós não temos nenhum contato com elas.

— Sr. Focca? — perguntei.

— Abel Focca, o dono do pedaço. Seu filho Caruso é que sabe quem trabalha e quem não trabalha. O pai só cuida da grana. Mas Caruso não faz nada sem a ordem de Abel. — Ele aproximou o rosto e seus lábios ficaram próximos ao meu ouvido. — O Caruso é um puta de um babaca.

— Abel Focca — eu disse —, que belo nome.
— Focca é um bicho muito, muito esperto — afirmou Tadeshi.
— Eu não me refiro a Focca, eu gosto é de Abel.
— Abel? — perguntou Tadeshi.

Não respondi, mas Abel Focca era o meu mais novo presságio. Seria difícil explicar a Tadeshi que, assim como Abel havia sido assassinado por Caim, Remo também fora morto por Rômulo. O que fazia de nós dois, Abel Focca e Remo Bellini, dois sobreviventes.

— E como posso encontrar Abel Focca? — perguntei.
— Aqui mesmo, no andar de cima.

Pedi um Jack Daniel's. Lembrei-me do sósia de Caled. Era a segunda informação que eu procurava:

— Tadeshi, quem é um sujeito com cara de árabe, com cabelos e bigodes negros, jogando nas roletas?
— Ele não está jogando, está supervisionando. É Tufik Tureg, o administrador do cassino.
— Ele trabalha pro Focca?

Tadeshi concordou movendo verticalmente a cabeça. Bebi o Jack Daniel's, disse que queria conhecer Abel Focca. Ele providenciou um segurança negro e forte chamado Adolfo para me acompanhar.

— Quanto te devo pelo uísque? — perguntei, apontando o copo vazio com o dedo indicador.
— Que é isso... — respondeu cinicamente. — Os amigos não pagam.

3.
Segui Adolfo por corredores e escadas onde não havia ninguém, provavelmente espaços de administração vedados aos frequentadores.

Refleti sobre os irmãos Caled e Tufik Tureg, um na Dervixe, outro no cassino, e me perguntei se esse fato teria alguma relação com o dr. Rafidjian e Ana Cíntia-Camila-Dinéia, a dançarina três-em-uma.

Não obtive resposta e continuei seguindo Adolfo.

Caminhamos por um corredor sombrio e paramos em frente a uma porta com uma plaqueta afixada onde se lia: "Abel Focca." Havia ali um outro segurança de sentinela. Adolfo explicou-lhe que eu desejava falar com "o sr. Focca". O sujeito pediu-me que levantasse os braços e revistou-me com a desenvoltura de um policial. Tomou para si a Beretta e com a outra mão bateu suavemente na porta. Uma voz impaciente disse: "Entre!".

O sentinela abriu a porta cuidadosamente e fez um sinal para Adolfo, que falou, subserviente:

— Sr. Focca, esse rapaz quer falar com o senhor.

Abel Focca era um homem de quase setenta anos, obeso e grandalhão. Suas bochechas pendiam das faces e ele parecia um cachorro gordo. Usava óculos pequenos que se equilibravam na ponta do nariz e ostentava um inesperado rabo de cavalo. Estava sentado a uma escrivaninha cheia de contas, faturas e notas fiscais. Dirigiu-me um olhar rápido e perguntou:

— *Políﬁa* Federal ou *Fivil?* — Notei que ele sibilava.

— Federal. Agente Labelle.

Esse era um velho truque.

Apresentar-me como agente da Polícia Federal era normalmente a maneira mais fácil de arrancar informações de criminosos. É claro que ter que passar por um tira é sempre tarefa incômoda, mas o agente Labelle, personagem fictício criado por Dora, era um alter ego divertido, cínico e amoral.

— Adolfo, *fefe* a porta e aguarde do lado de fora — disse, olhando-me por cima dos óculos. — *Fenhor* Labelle, *feus* documentos, por favor.

— Não é de bom-tom pedir documentos a um policial, sr. Focca. Além do mais, não costumo carregar insígnias em missões especiais.

— *Nofos* pagamentos à *Políjia* Federal estão em dia, *fe* o *fenhor* está atrás de mais dinheiro...

— Eu não quero dinheiro. Só uma informação.

— *Vofês fempre* querem uma *coiva* ou outra.

— Procuro uma dançarina, Camila. Tenho razões para acreditar que é sua contratada.

Notei que Focca parecia um bebê envelhecido precocemente. Ele pressionou um dos botões do interfone que se escondia sob os papéis de sua escrivaninha.

— *Carufo*, venha cá — ordenou.

Enquanto aguardava em silêncio a chegada de Caruso, observando o semblante flácido de Focca, lembrei-me de nossa afinidade de sobreviventes: Remo e Abel, os irmãos assassinados. Teria Abel Focca um irmão chamado Caim?

Caruso entrou e notei que ele era uma réplica mais jovem e mais gorda do próprio pai. Abel explicou a situação ao filho e concluiu sua explanação dizendo:

— A *defivão é fua*, filho.

Caruso respondeu cerimoniosamente:

— Sim, senhor.

Ele não sibilava. Com um gesto indicou-me que o acompanhasse e Abel Focca não se deu ao trabalho de despedir-se.

Por uma porta interna passamos a uma outra sala, menor e cheia de arquivos. Havia duas mesas e numa delas uma senhora mascava chiclete e datilografava de uma maneira frenética. Olhou-me sem interromper-se. Caruso sentou-se e convidou-

-me a fazer o mesmo, apontando-me uma cadeira em frente a sua mesa. Sentei-me.

— O problema, Labelle, é que aqui nós obedecemos rigorosamente às regras. Todos os nossos contatos com a Polícia Federal são feitos por intermédio do agente Flecha, você deve conhecer o agente Flecha...

Permaneci impassível, aquilo podia ser uma armadilha. Incrível como eu agia com muito mais segurança sob uma identidade falsa. Caruso prosseguiu:

— Eu não posso abrir um precedente.

— Mas é uma informação tão irrelevante... — argumentei.

Caruso titubeou. Olhou em direção a um dos arquivos e cheguei a pensar que sairia vitorioso daquela pantomima absurda. Mas ele voltou atrás e foi peremptório:

— Não. Regras são regras. Só com a autorização do Flecha. Peça a ele que me telefone ou então traga um pedido por escrito, assinado. Agora, se me dá licença...

Ridículo ter que me deparar com burocracia naquela situação.

— Uma última pergunta, Caruso. — Eu não devia ter feito aquilo, mas fiz: — O seu pai tem um irmão chamado Caim?

— Caim? Quem te disse isso? O irmão do meu pai se chama Arturo. Arturo Focca.

Definitivamente, aquela não estava sendo uma noite muito proveitosa para o agente Labelle.

Após reaver a Beretta com o sentinela, fui escoltado por Adolfo de volta ao andar térreo. Seria preciso pensar em alguma outra coisa.

Um Jack Daniel's, por exemplo.

4.

Eu estava tentando evitar uma atitude mais decisiva, mas ela se fazia necessária.

De volta a Tadeshi, que me serviu uma dose a contragosto, fiquei sabendo que Caruso normalmente descia de seu escritório pouco antes do "show principal", por volta de onze horas, quando a orquestra tocava e as dançarinas faziam um número tipo "folias tropicais".

— O Caruso chega um pouco antes de começar o show, pede um uísque e fica fazendo relações públicas durante a primeira música. Às vezes fica até a segunda. Depois volta pro escritório e só vai embora de manhã, depois que todos os empregados já saíram. Todos menos os seguranças dele, claro.

— Claro — concordei. — Que tipo de relações públicas ele faz?

— Fica aí puxando o saco dos fregueses, abraçando os milionários e beijando a mão das esposas deles, acendendo os charutos deles, rindo das piadas deles... mas tudo muito rápido. O negócio dele é lá em cima, na contabilidade. Quem segura a onda aqui embaixo é o Tufik.

— E quem é a secretária do Caruso?

— Aquilo é uma piranha velha, não sei nem o nome. Depois que se aposentou como prostituta, virou secretária do homem.

— Ela acompanha o Caruso durante o show?

— Claro que não. Aquela mulher não sai do escritório. Se sair é capaz de espantar a clientela.

Tadeshi foi requisitado por alguns fregueses. O casal do Grant's já tinha enxugado a garrafa inteira e, para surpresa geral, pediu mais uma. Consultei o relógio, nove e meia.

Ao voltar, Tadeshi disse:

— Olha, é melhor você circular. As pessoas podem escutar nossa conversa e eu vou me foder se descobrem que estou entregando o serviço.

— Meu querido, em nome dos velhos tempos, duas últimas perguntas: quem faz a segurança do quintal?

— Lá atrás? É o Rocco.

— Quem é Rocco?

— Ele late e tem quatro patas — respondeu.

— Tadeshi, meu anjo, eu não estou pra brincadeira.

— É sério. Rocco é um cachorro. Um fila, treinado pra matar qualquer coisa que se mova.

— Quer dizer que quem faz a segurança da parte traseira do cassino é um cachorro? — perguntei.

— Não é isso. Os seguranças fazem rondas por lá de dez em dez minutos. O problema é que eles já têm bastante serviço aqui dentro. Não acontece nada no quintal.

Permaneci pensativo. Tadeshi virou as costas, mas eu o chamei de volta.

— Última pergunta.

— Você já estourou a sua cota — disse.

— Essa é uma pergunta que não vai te comprometer, juro.

— E é mesmo a última?

— Palavra de detetive.

Ele não achou graça da piada. Manteve-se impassível, com cara de saco cheio. Perguntei:

— Qual é a primeira música do show?

Olhou-me incrédulo. Foi a pergunta mais fácil da noite:

— "New York, New York".

Antes de sair, pedi um sanduíche de churrasquinho, malpassado, "pra viagem".

Enquanto esperava o sanduíche, contentei-me com um café forte, duplo.

5.

Duílio estacionou o carro num atalho escuro, distante uns trezentos metros do cassino. De lá era possível perceber com nitidez os ruídos e as luzes do casarão.

— É aqui mesmo que você quer que eu pare, patrão?

— Exatamente. Quero que você me espere aqui, com os faróis apagados, em silêncio. Qualquer problema, buzine.

Embrenhei-me pelo mato, em direção ao cassino. Carregava num embrulho o sanduíche frio. Descontando alguns brejos que me encharcaram meias, calças e sapatos, não foi difícil chegar ao muro que separava o casarão do matagal escuro.

Não que eu estivesse me divertindo com aquela expedição pela Mata Atlântica, mas, afinal de contas, eu era um detetive. Cheguei a pensar em ligar para o Caruso fazendo-me passar pelo tal agente Flecha, mas seria muito fácil me desmascarar. Eu não estava sequer convencido de que Flecha realmente existisse. Era muito provável que Caruso tivesse inventado a história só pra me testar. E eu não queria correr o risco de perder a pista de Camila, ainda mais agora, que tinha uma concorrente do sexo oposto (que eu não me atreveria a definir como sexo frágil depois de um ano trabalhando com o Lobo).

Subi numa árvore de porte médio, um chapéu-de-sol, distante uns vinte metros do muro do cassino. O esforço foi considerável e desesperei-me ao pensar que ainda teria de escalar um muro e uma parede antes de chegar ao meu objetivo. O embrulho estava preso em minha cintura, entre a calça e a barriga. Reparei que minha barriga ultimamente andava se expandindo contra minha vontade.

De cima da árvore consegui ver a janela aberta do escritório de Caruso. Ele se movia de um lado para o outro e a datilógrafa permanecia sentada, datilografando. Na janela ao lado, flagrei Abel Focca deitado num sofá, dormindo. As luzes estavam acesas. O meu relógio marcava 22h15.

No quintal, Rocco, o cão de guarda, dormia. Enquanto dormiam, ele e Abel guardavam uma perturbadora semelhança.

Um segurança passou fumando um cigarro, Rocco levantou uma das orelhas, ameaçou abrir um dos olhos e voltou a dormir. Tudo muito tranquilo.

Meia hora se passou. Eu começava a me contaminar pelo sono de Rocco e Abel, quando notei uma movimentação na sala de Caruso. Adolfo entrou, Caruso se levantou e apertou o nó da gravata. Saíram. A secretária permaneceu concentrada em sua máquina de escrever. No relógio, 22h55.

Hora de agir.

Desci cuidadosamente da árvore, desembrulhei o sanduíche e joguei fora o papel e as duas fatias de pão. Caminhei até o muro segurando o bife avermelhado. Com a Beretta presa na cintura, no mesmo lugar onde estava antes o sanduíche, e com o bife enfiado no bolso da jaqueta, aguardei atentamente.

Exatamente às 23h14 (eu estava olhando para o relógio), a orquestra atacou os acordes iniciais de "New York, New York". Essa era a minha deixa. Acoplei o silenciador à pistola, escalei rapidamente o muro, mas quando ia saltar pro lado de dentro, lá estava Rocco, apoiado ao muro pelas patas dianteiras, rosnando e latindo em minha direção. Lancei-lhe o bife frio na esperança de que desistisse de mim, mas ele não se interessou pela carne. Rocco continuou latindo, me ameaçando com uma coleção de dentes brancos e afiados. Não me restou outra alternativa: estreei a Beretta, disparando dois tiros contra sua cabeça, ao som de "New York, New York". Um o atingiu entre os olhos. O outro na altura da garganta. Ele tombou para o lado, estrebuchou, grunhiu e pousou a cabeça dilacerada sobre uma poça de sangue e saliva. Morreu. Aquilo estava ficando forte demais para o meu gosto.

Depois disso corri até a calha, escalei-a, esgueirei-me pelo telhado e adentrei o escritório de Caruso cinematograficamente: joguei meu corpo para dentro com um movimento pendular, e, antes que a secretária pudesse entender o que se passava, brindei-a com a visão da Beretta ostensivamente apontada para o meio dos seus olhos.

— Pro banheiro! — ordenei. — Se abrir a boca, te mato.

Fechei-a no banheiro, tranquei as portas que davam para o corredor e para a sala de Abel Focca e corri para os arquivos. Lá embaixo ainda "New York, New York".

Comecei minha busca pelas fichas da letra C, mas descobri que os sobrenomes é que obedeciam à ordem alfabética, claro. Fui obrigado a checar os nomes de todos os funcionários do cassino. Para minha sorte, havia apenas uma Camila. Encontrei-a na letra G: "Camila Garcia. Rua Tratado de Tordesilhas, número 63. Ponta da Praia, Santos".

A ficha continha várias anotações de falta ao trabalho, inclusive naquele próprio dia, 19 de maio. "Motivo doença." Nesse momento alguém tentou entrar pela porta que dava para o corredor. Ao senti-la trancada, começaram a bater. Reconheci a voz de Caruso:

— Mirna! O que está acontecendo? Abra a porta!

Quando ouvi os gritos de Mirna pedindo socorro eu já estava no quintal, correndo em direção ao muro. A orquestra tocava uma outra música, que não reconheci. Ouvi gritos vindos da janela e, não tive certeza, tiros.

Antes de pular o muro, lancei um olhar sobre o cadáver de Rocco, e estranhei não sentir remorso algum. Aquele foi o último dos presságios.

Depois da garota que ganhou na roleta, de Tufik Tureg, de Tadeshi, de Abel e de Rocco, o melhor que eu tinha a fazer era parar de cheirar pó e me concentrar no trabalho.

6.

No carro, a caminho do endereço de Camila (que, então eu sabia, chamava-se Camila Garcia), Duílio me ofereceu pó. Eu havia tomado uma decisão e disse:

— Não, obrigado. Não vou mais cheirar pó.

— Por quê, patrão?

— Porque quando cheiro pó, tenho a sensação de que tudo faz sentido.

— Como assim? — insistiu Duílio.

— Eu tenho a impressão de que todas as coisas querem dizer alguma coisa, e o que é pior, tenho a impressão de que todas as coisas querem ME dizer alguma coisa, você entende?

— Não — ele respondeu, segurando o volante com só uma das mãos, enquanto dava uma cafungada rápida e precisa, sem tirar os olhos da estrada.

— É simples: quando cheiro cocaína, tenho a impressão de que todos os acontecimentos estão me dando pistas sobre outros acontecimentos, como se no mundo tudo acontecesse porque tem que acontecer, como se a vida fosse uma simples sucessão de acontecimentos pré-programados.

— E como é a vida, então? — ele perguntou.

— Não sei, só não quero pensar que seja possível prever o próximo passo, entende?

— Não. Isso pra mim é papo de cheirado — afirmou.

— Tudo bem, deixa pra lá. Você sabe onde fica a rua Tratado de Tordesilhas?

— Não, mas a gente acha.

Eu estava cansado, molhado e arranhado. Mas me sentia feliz por ter matado um cachorro. Não me preocuparia mais com presságios, nem com irmãos que matam irmãos.

Talvez a cocaína me atingisse em profundezas que não devessem ser tocadas.

Chegando a Ponta da Praia, um bairro de Santos, rodamos um pouco até encontrar a rua Tratado de Tordesilhas. Duílio estacionou o carro numa rua perpendicular, para não chamar a atenção, e ali me esperou.

A Tratado de Tordesilhas percorria apenas dois quarteirões a partir da avenida Beira-Mar e terminava numa pracinha redonda. A rua se compunha de casas, quitanda, açougue, farmácia e padaria. Aquele horário, meia-noite, todos os estabelecimentos comerciais estavam fechados e não havia ninguém pelas redondezas.

A casa número 63 era geminada a duas outras. Era pequena, sem jardim, com um terraço mínimo e porta com postigo. Havia luz no lado de dentro. Fiquei parado na calçada oposta, sem tirar os olhos da casa. Nenhum movimento. O silêncio era cortado ocasionalmente por um ou outro carro que passava pela avenida Beira-Mar.

À 1h16 apagaram a luz da sala, mas percebi reflexos azulados através do vidro fosco do postigo. Alguém assistia à televisão. Permaneci naquela posição por mais uma hora. Por volta de duas da manhã a TV foi desligada. A rua estava mergulhada num silêncio de cemitério e eu estava exausto. Acordei Duílio, que apesar da cocaína dormia profundamente dentro do carro, e voltei ao hotel.

20 de maio, domingo

1.
Existe uma qualidade indispensável ao detetive: paciência. No domingo passei aproximadamente dezessete horas em pé, das sete e meia da manhã até meia-noite e meia, olhando quase fixamente para aquela pequena casa. Durante esse período, duas ou três vezes fui até a padaria Nau de Goa. Ela permaneceu aberta durante todo o dia até as oito horas da noite. Minha alimentação nesse dia se resumiu a dois sanduíches de queijo com salame e algumas xícaras de café. Disseminei o boato de que trabalhava para um instituto de pesquisas e observava os hábitos da rua por encomenda de uma agência de publicidade. Enquanto comia ou falava, permanecia com um olho colado à porta da casa número 63.

Logo pela manhã, por volta de oito e meia, um senhor aparentando uns setenta e poucos anos, de boina e pulôver de lã apesar do calor, saiu da pequena casa e caminhou até a padaria. Comprou um saquinho de leite e alguns pãezinhos. Mais tarde, às 14h38 para ser exato, o mesmo senhor, ainda com a boina mas sem o pulôver, foi até a farmácia e voltou com um pequeno pacote nas mãos. Mancava sutilmente. Tinha um aspecto desleixado de aposentado, com barba por fazer e roupas amassadas. Depois, graças a uma vendedora falastrona, soube que ele havia comprado Plasil (remédio contra enjoo) e Voltaren (analgésico contra dores reumáticas). Disse também que era um viúvo aposentado que morava sozinho. Muito raramente recebia a visita de algum dos filhos. Ela não sabia dizer se no momento alguém lhe fazia companhia. O Voltaren era comum que comprasse, mas o Plasil, que se lembrasse, era a primeira vez. O nome do viúvo não sabia. Chamava-o de "senhor".

Os únicos momentos naquele domingo em que desgrudei os olhos da casa foram alguns minutos perdidos no banheiro da Nau de Goa. Não poderia correr o risco de urinar na rua e atrair a atenção de toda a vizinhança.

2.

Por volta das seis da tarde fui acometido por uma pequena paranoia: será que Camila estava dentro da casa realmente? Estaria eu gastando meu precioso tempo atrás de uma pista falsa? A tal Beatriz já tinha fotos e endereço de Dinéia e eu ainda não tinha nada palpável. Só um endereço. Estaria em busca de um fantasma? Quem era Ana Cíntia-Dinéia-Camila? E quem era Beatriz?

Pensei em Fátima. A única mulher real que tinha encontrado nos últimos três dias. E o beijo que trocamos? Que besteira foi aquela?

Antes que começasse a escutar meu pai falando em como eu era estúpido e minha ex-mulher reclamando de minhas fantasias adolescentes, resolvi tomar uma atitude. Escondi a câmera fotográfica dentro do bolso da jaqueta (além de paciência, detetives necessitam de bolsos) e caminhei resoluto em direção à casa número 63. Apertei a campainha. O senhor de boina abriu o postigo e falou com voz de espanhol mal-humorado:

— O que deseja?

Respirei fundo:

— Boa tarde, senhor. Venho da parte de Caruso Focca trazer um recado para Camila Garcia.
— O que é?
— Gostaria de saber se ela volta ou não ao trabalho. Ela tem faltado muito, preciso de uma posição mais objetiva por parte dela.
— Um momento.
Voltou alguns minutos depois:
— Ela falou que não se preocupem, no próximo final de semana estará de volta. — E fechou o postigo.

Retornei ao meu posto, na calçada oposta, e por lá permaneci até a luz da TV se apagar, à meia-noite e meia. Caminhei por vários quarteirões antes de encontrar um táxi. Eu havia dispensado Duílio porque não queria mais cheirar pó e porque não precisaria mais ficar rodando pela cidade. Além do mais, era necessário economizar dinheiro e Dora gostava disso.

Dora. Na madrugada anterior, quando lhe narrei por telefone o relatório de toda a aventura do cassino, ela disse, referindo-se à morte do cachorro Rocco: "Bem feito. Não suporto fila nem pequinês". A respeito da descoberta do endereço de Camila, comentou: "O peixe mordeu a isca, agora é só esperar a hora de puxar o bicho pra fora".

Quando voltei ao hotel na madrugada seguinte, ainda demonstrando sinais de exaustão, mal tive forças para relatar todos os fatos daquele domingo frustrado. Ao final do telefonema falei:

— O peixe mordeu a isca, mas não quer mostrar o rostinho.
— Não se preocupe — redarguiu. — É questão de tempo. Pouco tempo. Antes de quarta-feira este caso estará resolvido, escreve o que digo.

Lembrei-me de Dinéia (e por acaso em algum momento me esquecera dela?). Perguntei a Dora sobre as fotos de Beatriz.

— Estão ótimas, Dinéia se encaixa perfeitamente na descrição que o Dom Quixote fez de sua Ana Cíntia. Vamos agora esperar pela misteriosa Camila. Quarta-feira à noite, garanto, jantamos eu, você e Beatriz num restaurante, comemorando com champanhe francês, às custas do Rafidjian.

Sem saber de onde ela tirava tanta confiança, desmaiei de cansaço imediatamente após desligar o telefone.

21 de maio,
segunda-feira de manhã

1.
Às oito horas eu já estava na Tratado de Tordesilhas, câmera fotográfica preparada, olhos colados à porta da casa número 63. Era segunda-feira e a rua estava mais movimentada que no dia anterior. Para me distrair nas intermináveis horas de espera, levei o walkman e escutei alguns clássicos de Big Bill Broonzy. "I've been drinkin'" sempre foi o meu favorito.

Às oito e meia o homem de boina e pulôver caminhou no seu passo ligeiramente manco em direção à padaria e de lá voltou com o mesmo saquinho de leite e pacote de pães do dia anterior. Escondi-me atrás de uma árvore, o que era ridículo: segundo Dashiell Hammett, somente detetives fictícios se escondem atrás de árvores.

Nas horas seguintes nada aconteceu a não ser que troquei Big Bill Broonzy por Blind Willie MacTell. Às três horas, quando repassava mentalmente minhas memórias completas, a porta da casa número 63 se abriu vagarosamente.

Lá estava Camila saindo de seu buraco. Fisguei o peixe, afinal.

Ela era frágil e etérea (sua pele branca contrastava com a violência de fogo do sol da tarde). Os olhos, profundos, e o corpo, harmonioso e agressivo ao mesmo tempo. Vestia uma camiseta preta, sem mangas, que realçava o volume sensual dos peitos e uma saia curta, preta com bolinhas brancas. Nos pés, um par de sandálias de couro marrom, com tiras que se entrelaçavam até o meio das canelas. Saquei a câmera e bati um filme inteiro quase sem intervalo entre uma fotografia e outra.

Camila aparentava estar distante, alheia ao que acontecia à sua volta, e nem sequer me notou, o lunático que a fotografava da calçada oposta.

Entrou na farmácia. O tempo que ficou por lá foi o que gastei para trocar o filme.

Enquanto voltava para casa, Camila me pareceu inebriada de um torpor que não consegui decifrar. Fiz mais algumas fotos. Ela entrou na casa número 63, fechou a porta e eu corri para a padaria.

Pedi uma cerveja e bebi a garrafa toda quase de um gole só. Comemorei silenciosamente meu êxito comendo um sanduíche e bebendo mais uma cerveja.

Depois, peguei um táxi e voltei ao hotel.

Chegando, Sintra me avisou:

— Há aqui um recado urgente para o amigo.

— Qual?

— Ligar para Dora Lobo. Com urgência.

Entrei no quarto ainda pleno de satisfação. Hesitei entre escrever o relatório ou telefonar para o Lobo, mas como ela havia ligado, e isso não era comum, resolvi responder a ligação antes de qualquer coisa.

Rita atendeu o telefonema com sua voz aguda e disse-me que aguardasse um momento. Em seguida, ouvi a inflexão grave e sisuda de Dora:

— Beliini, volte imediatamente.

— Como assim? — perguntei.

— O dr. Rafidjian foi assassinado.

— O quê?

— O dr. Rafidjian foi assassinado.

2.

Imediatamente após o telefonema me meti num táxi especial e cheguei ao escritório, em São Paulo, por volta de sete horas da noite.

Encontrei Dora sentada a sua mesa. Um cálice vazio com vestígios de vinho do Porto e um cinzeiro abarrotado de cinzas de Tiparillo denunciavam seu estado de espírito. Em frente à mesa, sentada na poltrona que eu geralmente ocupava, uma moça magra, morena, de cabelos curtos e óculos redondos, bebericava de um pequeno cálice. Notei que seus lábios estavam umedecidos pelo vinho. Ambas olharam-me surpresas. Dora levantou-se e caminhou em minha direção com os braços abertos.

— Bellini querido. — E puxando-me pelas mãos: — Essa é Beatriz.

Beatriz levantou-se e sorriu com sua boca grande rasgada num rosto anguloso. Do corpo, chamavam a atenção as pernas longilíneas e os peitos pequenos e firmes.

Cumprimentei-a. Ela disse:

— Finalmente estou conhecendo o famoso Bellini.

Rimos nervosamente traindo uma excitação suspeita. Dora sugeriu que nos sentássemos, caminhou até a estante, serviu-se de mais um cálice do Porto e ofereceu-me um scotch.

— Você vai precisar, a história é meio pesada...

Beatriz observou-me de soslaio e quando cruzamos olhares pareceu querer decifrar algum enigma que minha presença propusesse. Bebi um gole considerável e me tornei todo ouvidos. Dora acendeu uma Tiparillo e assumiu uma expressão que só se manifestava quando narrava um crime (e que prazer ela sentia ao narrar um crime):

— O dr. Rafidjian foi assassinado hoje, dentro do seu consultório no décimo primeiro andar de um edifício de serviços médicos e odontológicos, em algum momento entre meio-dia e uma hora, quando sua secretária, d. Gláucia, como faz religiosamente todos os dias, abandonou seu posto para almoçar. Ela cumpre esse ritual há anos e isso era sem dúvida de conhecimento do criminoso. Quando voltou de sua refeição, pontualmente à uma hora, d. Gláucia encontrou aberta a porta que divide as salas de espera e a de consultas. Isso era absolutamente anormal. Ao entrar na sala de consultas deparou-se com o corpo de Rafidjian estirado mais ou menos no meio da sala. Ele estava virado de barriga para cima e seu rosto completamente desfigurado e esvaído em sangue. Ela começou a gritar desesperadamente atraindo a atenção dos consultórios vizinhos que funcionam no mesmo andar. Os próprios médicos que trabalham por ali constataram que Rafidjian estava morto e imediatamente chamaram a polícia.

Dora prosseguiu:

— As primeiras impressões da polícia são: não se trata de um latrocínio, pois não há evidências de roubo ou tentativa de roubo. E pasmem... a arma do crime foi um guarda-chuva, o guarda-chuva do próprio Rafidjian!

— Como assim? — perguntei intrigado.

— Isso mesmo, o rosto de Rafidjian foi dilacerado por golpes desfechados pela ponta de seu próprio guarda-chuva; um guarda-chuva que ele sempre carregava por hábito. Quando esteve aqui ele o trazia consigo, inclusive. Eu me lembro muito bem desse detalhe, pois me chamou a atenção o homem carregar um guarda-chuva numa noite em que não havia no céu a menor ameaça de chuva...

— E o assassino, pelo jeito, depois de matar o médico perfurou seus olhos num requinte de sadismo — completou Beatriz, com um sorriso estranhamente mórbido. E sensual.

Dora:

— A polícia, num primeiro interrogatório, inquiriu rapidamente todos os porteiros, ascensoristas, funcionários de laboratórios e consultórios, faxineiros, garagistas, médicos, dentistas e pacientes sobre a possibilidade de terem visto algum suspeito em atitude anormal entrando ou saindo do prédio naquele período. Não descobriu nada, pois o prédio é grande, com

numerosos consultórios e laboratórios e portanto com movimento de entra e sai muito intenso.
— Como você está sabendo disso tudo? — perguntei. — O crime foi cometido há apenas seis horas.
— É simples — replicou Dora —, quem está comandando a investigação é o Bóris.

O delegado Bóris Ferreira, da Delegacia de Homicídios, era um velho conhecido de Dora. Embora mais jovem (ele tinha algo em torno de quarenta e cinco anos), ambos se identificavam na concepção que tinham do "investigador ideal". E Bóris, apesar de excêntrico, era inegavelmente bom em desvendar crimes complicados.

— Sim, mas e daí, como ele soube que você estava envolvida com Rafidjian? — insisti.
— Ora, a primeira atitude de Bóris ao entrar no consultório foi bisbilhotar as gavetas da escrivaninha de Rafidjian. Encontrou nosso contrato enfiado no meio de uma agenda ou coisa parecida. Ligou-me imediatamente. Isso foi por volta das três da tarde. Eu e Beatriz estávamos aqui, checando alguns detalhes dos relatórios. Pedi que ela fosse até o local do crime acompanhar as investigações. Bóris quer falar com você amanhã pela manhã, às nove horas em ponto, na Homicídios. Depois disso, às onze e meia, quero você e Beatriz no enterro do Dom Quixote.
— E o que mais? — perguntei.
— Bóris está intrigado. Nos seus dezoito anos de polícia nunca viu alguém ser assassinado com um guarda-chuva.

3.
Beatriz retornara do consultório de Rafidjian pouco antes de minha chegada. Dora pediu-lhe que relatasse as últimas notícias. Ela pigarreou e disse:

— Os familiares do médico estavam todos lá, chorando e gritando. Um horror. — Ela bebeu um bom gole do vinho. — O delegado Bóris me liberou logo, às seis horas da tarde. A polícia técnica tinha acabado de chegar e os peritos estavam fazendo seu trabalho de rastreamento. Impressões digitais, fios de cabelo e essas coisas todas que eles fazem. Ele disse que o corpo seria enviado ao Instituto Médico Legal para autópsia. Amanhã ou no máximo depois de amanhã já vai ter os resultados da causa mortis... e a toda hora o delegado repetia: "Um guarda-chuva, quem diria, um guarda chuva...".

Tive ímpetos de agarrar Beatriz, beijar seus lábios molhados de vinho, rasgar sua roupa e morder os bicos dos seus peitos, mas Dora me chamou de volta à realidade, como se adivinhasse meus desejos secretos:

— Pelo jeito estamos nos despedindo do caso. — Olhou-me severa e assumiu aquele ar de diretora de colégio. — Vamos às nossas últimas obrigações: Bellini, entregue imediatamente o filme à Rita para que ela consiga alguém que o revele ainda hoje. Estou curiosa para ver a cara de Camila. Amanhã às nove você se encontra com Bóris e leva consigo relatórios e fotos de Camila e Dinéia. Depois, vai com Beatriz ao enterro do médico. Quero um relatório final sobre tudo isso.

— Por quê? — perguntei. — O caso já acabou. Nosso cliente foi assassinado.

— Porque eu gosto de arquivar documentação de casos inacabados, é um hábito — respondeu.

Apesar do esforço em parecer pragmática, Dora não conseguia esconder sua frustração. Rafidjian, Ana Cíntia, Dinéia e Camila continuavam sendo um enigma e Dora sentia-se naturalmente atraída por enigmas.

Decifrá-los era uma questão de honra.

4.

A menção daqueles nomes me deixou curioso. Ana Cíntia, Camila e Dinéia. Ana Cíntia era, muito provavelmente, um pseudônimo de uma das duas outras. Camila eu já conhecia. Pedi a Beatriz e Dora que me mostrassem as fotos de Dinéia. Dora retirou um envelope de uma de suas gavetas e espalhou as fotografias sobre a mesa.

Dinéia Isidoro era jovem, com um sorriso ingênuo e alguma coisa de indígena em seus traços. Vi nas fotos Dinéia e sua mãe, uma índia velha de olhar enigmático e pele rachada. As duas estavam numa salinha pequena, com móveis de fórmica e, ao fundo, pendurados na parede, dois quadros. Um trazia o desenho de Jesus Cristo com o coração em brasa, espetado por espinhos, sangrando. O outro, mais antigo, mostrava um homem e uma mulher recém-casados. Os noivos estavam com as imagens retocadas, o que os fazia parecer irreais e assustadores, apesar de sorridentes. Outra foto mostrava crianças de várias idades, todas meio índias, sorrindo. Dinéia e a mãe, sérias, ao lado da TV. Duas irmãzinhas com as mãos sobre a barriga de Dinéia.

A voz de Beatriz pareceu surgir de dentro de uma das fotografias:

— Dinéia é parecida com Camila?

— Não. É engraçado, as duas se parecem com a descrição de Ana Cíntia, mas são completamente diferentes entre si.

— É uma pena ter que abandonar um caso bem na hora em que ele começa a ficar interessante! — A voz de Dora soou mais inoportuna do que nunca. Racional como um martelo batendo numa bigorna.

Como se pensasse em voz alta, Beatriz afirmou:

— Estou aliviada por sair do caso; não sei mentir. — Ela olhou para as fotos que continuavam espalhadas sobre a mesa. — Eu disse que era assistente social e essas pessoas abriram a casa pra mim com a maior hospitalidade e confiança. Até me ofereceram café, bolo de fubá, essas coisas. Não dou pra detetive, não.

— Minha querida — replicou Dora, rispidamente —, um advogado é obrigado a mentir tanto ou mais que um detetive na maioria das vezes.

Intervim:

— Acho que estamos todos nervosos com essa situação. Que tal uma pizza com chope, vocês não estão com fome?

Congratulei-me intimamente pela oportuníssima presença de espírito.

O ambiente no escritório tornara-se irrespirável. O cadáver de Rafidjian com os olhos perfurados por um guarda-chuva, a miséria melancólica de Dinéia e sua família naquela pequena casa de uma periferia de Cornélio Procópio, o torpor químico de Camila e o passo manco de seu pai viúvo em Santos e, acima de tudo, a frustração por não podermos fazer mais nada em relação a um caso que se tornava a cada minuto mais complicado (e interessante) haviam nos deixado com os nervos à flor da pele.

Um sentimento, entretanto, ocupava em mim um espaço maior que a frustração. Era uma estranha excitação que a presença de Beatriz exercia sobre minha pessoa. Havia algo de intrigante em sua aparente normalidade.

Eu não saberia explicar o que me acontecia, então deixei que o não explicável se manifestasse.

Dora, Beatriz e eu terminamos aquela noite na pizzaria Camelo, na rua Pamplona.

Comemos pizza de alho e bebemos chope (muito chope). Durante o jantar, após um esbarrão involuntário, a bolsa de Beatriz, que estava sobre uma cadeira, caiu no chão. Ela se abaixou para apanhá-la e vi de relance seus dois peitos inteiros, soltos como dois sinos de cabeça para baixo. Aquela visão me impressionou e me assustou.

Depois de jantar ficamos por ali bebendo e ao final da noite estávamos relativamente conformados com o final abrupto do caso. Na volta dirigi o carro de Dora e deixamos Beatriz em casa. Ela morava com a mãe (os pais estavam separados) num sobrado na região dos Jardins. Ao nos despedirmos eu disse algo como: "Foi muito bom te conhecer" e ela: "Deixa disso, Bellini" e em seguida, sorrindo com sua estranha morbidez característica, "amanhã temos um enterro" e nessa hora senti alguma coisa acontecendo.

"Magia" foi como Dora se referiu ao fenômeno que acabara de testemunhar e, vaidosa de sua capacidade de observar o comportamento humano, não deixou de comentar.

O Lobo me deixou no Baronesa de Arary.

Quando eu já estava quase na porta, gritou de dentro do carro:

— Arranque o que puder do Bóris. Eu quero saber o que a polícia está achando disso tudo.

Antes de dormir, deitado na cama escutando Robert Johnson, a cena com que mais vezes me deparei mentalmente não foi a da mãe índia de Dinéia, nem a das sandálias de couro de Camila, nem a de Dora falando sobre os olhos vazados de Rafidjian.

Foi a visão dos seios de Beatriz.

22 de maio, terça-feira de manhã

1.
Bóris recebeu-me pontualmente às nove horas em sua sala apertada no sexto andar do prédio onde funcionava a Delegacia de Homicídios. Uma única janela dava para o paredão lateral de um outro edifício, o que intensificou uma sensação de claustrofobia que me acometera subitamente.

As paredes eram sujas, de um branco indefinido, e não havia sobre elas nenhum quadro ou gravura. Apenas a fotografia oficial do governador Franco Montoro e um calendário com dizeres de Seicho-No-Ie. O dia 22 de maio vinha acompanhado da frase: "O Sol se levanta no horizonte. O homem sábio contempla e agradece".

Uma pequena estante juntava alguns livros como *Os crimes da rua Morgue* de Allan Poe e *O médico e o monstro* de Stevenson, lado a lado com volumes do *Comentários ao Código Penal* de Nelson Hungria (que eu já conhecia do escritório de Túlio Bellini) e listas telefônicas. Muitas listas telefônicas de várias cidades. Listas de assinantes, endereços e Páginas Amarelas.

Bóris era um sujeito de cabelos negros oleosos e pele pálida marcada por vestígios de espinhas e acne. Vestia um paletó um número menor que seu manequim ideal. Usava uma gravata amarela. O que mais chamava a atenção em sua figura, no entanto, eram os óculos quadrados de lentes grossas fundo de garrafa. Apesar de parecer um tanto alheado, Bóris era a obsessão em pessoa.

Eu estava ali para fornecer-lhe informações, mas foi ele quem me recebeu com novidades:

— Você é que estava em Santos atrás de... — olhou para uma folha de papel sobre a mesa de fórmica — ... Camila, está correto?

— Isso mesmo, Camila Garcia — respondi.

— E quem estava em Cornélio Procópio atrás de Dinéia, Dinéia Duarte Isidoro, era a outra moça, a... — Bóris movimentou a cabeça na direção da mesa.

— Beatriz — eu disse, antes que ele consultasse novamente suas anotações.

— Muito bem — prosseguiu —, apesar de não ter ideia ainda de quem cometeu esse crime, já sei que não foi nenhuma dessas duas moças.

"Brilhante", pensei, "uma dedução digna de um Sherlock Holmes."

— O álibi de Camila — disse — é você, Bellini, que a vigiava em casa na hora aproximada do crime, correto?

Assenti.

— E o de Dinéia — continuou — é o doutor... doutor... — consultou os escritos sobre a mesa — dr. Fragoso, da Santa Casa de Cornélio Procópio.

— Dr. Fragoso? — perguntei.

— Correto. Dinéia está internada na Santa Casa de Cornélio Procópio desde ontem pela manhã. Ela estava grávida fazia três meses, mais ou menos, e perdeu a criança, quero dizer, o feto, num aborto natural ontem, por volta de meio-dia, ironicamente a hora provável em que o crime foi cometido. Acabei de saber.

Bóris permaneceu absorto olhando as anotações que inundavam todo o espaço disponível da pequena mesa.

— Ela passou mal na madrugada de domingo pra segunda, com uma hemorragia que não estancava. Internou-se segunda-feira cedo. O feto está morto, mas Dinéia passa bem.

Lembrei-me da foto das irmãs de Dinéia com as mãos sobre sua barriga. Bóris pegou um maço de Minister e me ofereceu um cigarro.

— Obrigado, não fumo — eu disse.

— Faz muito bem — replicou, levando o cigarro à boca. Acendeu-o.

— O.k., Bellini, conte-me sua história. — E soprou a fumaça em direção ao teto, olhando-me fixamente.

2.

Narrei a trama, que a cada dia ganhava novos contornos e tornava-se mais complicada.

Bóris anotava os detalhes do relato em meio à balbúrdia que imperava em sua mesa. Alguns nomes citados mereceram comentários de sua parte: "Caled e Tufik Tureg são vigaristas e proxenetas velhos conhecidos da polícia paulista". Outro ponto que o intrigou bastante foi o episódio do cassino clandestino de Cubatão e a menção do nome Abel Focca. Focca, segundo ele, era um "notório mafioso" encarregado de implantar ramificações da Máfia por todo o Brasil. Já haviam instalado bases mafiosas no Rio de Janeiro e Santos e logo estariam também em São Paulo, visando ao controle do tráfico de drogas, do jogo e da prostituição em todo o território nacional. Ele ficou preocupado com a possibilidade de Caled e Tufik estarem servindo de "ponte" aos mafiosos, colaborando com a implantação de suas bases em São Paulo. Tudo isso tinha por meta, segundo Bóris, a conquista da América do Sul pela Máfia. "É trabalho para a Polícia Federal, preciso notificá-la", disse. "É imprescindível que descubram logo a verdadeira identidade desse tal agente Flecha; a polícia não pode se transformar num covil de traidores."

Bóris consternou-se quando confessei ter matado o cachorro Rocco. "Pobre animal", refletiu, "mais uma vítima inocente da ambição desenfreada da Máfia."

As declarações de Stone, o informante de Iório, foram classificadas como "de suma importância", o que significava que

Stone teria que despender um pouco mais do seu precioso tempo na agradável companhia de tiras, o que ele provavelmente adoraria. Fátima, a odalisca dos peitos grandes, também seria requisitada para uma conversinha informal, e até mesmo Tadeshi, Sintra e seu genro Duílio tiveram seus nomes anotados com o devido cuidado. Camila e Dinéia seriam interrogadas com "bastante rigor", usando as palavras de Bóris, "e com certeza esse mistério de Ana Cíntia Lopes se esclarecerá de uma vez por todas".

Perguntei se ele realmente acreditava que Focca, ou a Máfia, assim como os irmãos Caled e Tufik poderiam ter alguma relação com o crime.

— Provavelmente não — respondeu —, mas é preciso considerar todas as hipóteses. Lembre-se, nós não temos pistas. — E logo depois completou: — De qualquer maneira, matar com guarda-chuvas não é método da Máfia, pode ter certeza.

Apesar de minha promessa de não me preocupar mais com presságios e irmãos que se matam, não resisti à curiosidade e perguntei:

— Delegado, o senhor conhece Arturo Focca, o irmão de Abel?

— É padre — ele respondeu.

— Padre?

— É um padre católico que catequiza índios no Amazonas. Em famílias de mafiosos é comum ter um irmão padre — afirmou.

Concordei com a cabeça. Perguntei:

— E a família Rafidjian?

— É uma família normal. Em homicídios em que a vítima é um marido adúltero, esposas sempre são suspeitas em potencial, mas não sabemos ainda se Rafidjian era mesmo adúltero. Além disso, a esposa, d. Sofia, tem um álibi já confirmado por suas empregadas. Na hora em que o marido era assassinado, ela estava em casa almoçando na companhia de Sílvia e Sérgio, os filhos menores, enquanto Samuel, o mais velho, saía direto do cursinho para o treino de basquete no clube Pinheiros, como faz toda segunda, quarta e sexta. Entre a escola e o clube parou numa lanchonete para uma refeição rápida.

— E o resto da família, pais, irmãos etc.?

— Uma família de comerciantes armênios abastados. — Ele apagou o cigarro. — São unidos, comuns, nada que leve a alguma suspeição.

— Rafidjian tinha inimigos?

— Não. Era um homem respeitado em seu meio social, apesar de um pouco arrogante, como a maioria dos cirurgiões.

— E d. Gláucia? — perguntei.

— O que tem a d. Gláucia?

— Você suspeita dela?

— D. Gláucia, a secretária de Rafidjian? — perguntou.

— É.

— Você está louco. — Balançou a cabeça. — Já viu a d. Gláucia?

— Eu não.

— Então esquece o assunto. D. Gláucia é uma velha míope e nervosa.

— Talvez fosse apaixonada pelo médico — arrisquei.

— Bellini, eu tenho dezoito anos de Homicídios e posso garantir que uma velhota fraquinha não conseguiria matar um homem daquele tamanho usando apenas um guarda-chuva.

— Mas guarda-chuvas — afirmei — são armas típicas de velhinhas.

Ele não levou a sério minha afirmação (nem eu o recriminei por isso). Acendeu um outro Minister. Fitou suas anotações. Notei que as fotos de Camila e Dinéia, que eu levara num envelope amarelo, estavam espalhadas pela mesa, confundidas com a papelada.

— O guarda-chuva é que transforma esse crime num caso excepcional — disse Bóris. — Talvez sua inexperiência não lhe permita entender o espanto que esse fato pode causar. Um guarda-chuva, quem mataria um homem com um guarda-chuva?

Ele fez essa pergunta sem esperança de que eu pudesse respondê-la. Mas arrisquei:

— Alguém que não tivesse premeditado o crime.

— O quê? — ele perguntou.
— Alguém que tivesse intenção de matar o Rafidjian certamente carregaria uma arma.
— É possível — afirmou Bóris. — Mas um crime sempre guarda sutilezas indecifráveis. Imagine que o criminoso gostaria que a polícia pensasse exatamente dessa maneira e, sabendo que Rafidjian mantinha um guarda-chuva no consultório, resolveu matá-lo com o guarda-chuva apenas para nos despistar. Não seria plausível?

Tive que concordar.

Consultei o relógio, 10h48. Perguntei a Bóris se ele estava de saída para o enterro de Rafidjian, marcado para as onze e meia. Ele respondeu:

— Encontro você no cemitério, ainda tenho que fazer alguns apontamentos. — E voltou sua total atenção para as fotos de Camila e Dinéia espalhadas pela mesa.

Despedi-me, ele pronunciou um "o.k." digno de um zumbi e continuou olhando para as fotos como se além delas nada mais existisse.

Saí e caminhei pelo corredor. Na direção contrária, dois sujeitos marchavam resolutos em minha direção. Eu já alcançava a porta do elevador quando me abordaram. O mais magro falou:
— Seu nome, por favor.
— Bellini. — Hesitei, mas como me sentisse acuado, completei sem pensar: — Remo Bellini.
— Profissão?
— Detetive particular, por quê? — Tiras, suspeitei.
— O senhor trabalha com o detetive Lobo?
— Sim. Qual o motivo do interrogatório?

Sem que eu percebesse, o outro, o mais gordo, apontou para mim uma máquina fotográfica e bateu várias fotos à queima--roupa.

— Merda! — Empurrei-os e corri para as escadas.

Na rua, certifiquei-me de não estar sendo seguido e senti um frio na barriga. De vergonha, não de medo. Fui enganado por dois repórteres que se pareciam com o Gordo e o Magro e isso fazia de mim um completo idiota.

3.

O cemitério da Paz, no bairro do Morumbi, é um desses cemitérios de estilo americano, com um vasto gramado ocupado por eventuais lápides de mármore postadas horizontalmente sobre o solo.

Minha sensação ao chegar foi a de amplidão e paz de espírito, bem diferente por sinal da claustrofobia que sentia sempre que visitava o jazigo da família Bellini, no cemitério da Consolação, um cemitério católico tradicional e que eu achava parecido com uma cidade de mortos.

Familiares e amigos velavam o caixão lacrado, pois Rafidjian estava com o rosto esfacelado por obra do guarda-chuva, que agora tinha o status de uma arma criminosa.

Formado o séquito, o caixão foi carregado por seis homens; as alças frontais conduzidas por um rapaz alto e magro e por um menino baixo e rechonchudo. Ambos choravam bastante e deduzi que fossem Samuel e Sérgio, os filhos do morto. As alças restantes foram levadas por três sujeitos de meia-idade (que pela aparência deviam ser irmãos ou primos do médico), e por um senhor mais velho, de cabelos brancos, Ivan Boudeni, renomado cirurgião cardíaco, professor da Escola Paulista de Medicina. A viúva, Sofia, manteve-se controlada, caminhando logo atrás do caixão, abraçada à filha, uma menina de quinze anos que chorava sem parar.

Na sepultura, chamou-me a atenção um coveiro que usava óculos ray-ban, chapéu de feltro e calças jeans desbotadas. Sua aparência destoava completamente da sobriedade dos parentes e amigos de Rafidjian, todos elegantemente vestidos em trajes escuros e discretos. Uma velha gorda chorava escandalosamente. "A mãe do nosso Dom Quixote", diria Dora.

Havia muita gente que agia e se vestia dentro de um padrão comum. Pessoas de aparência diferente, que pudessem trazer alguma pista de uma outra vida de Rafidjian, se é que havia realmente um outro Rafidjian que não conhecêssemos, essas não apareceram. Ninguém que aparentasse ser uma prostituta, um cafetão, um jogador ou mesmo um simples assassino. A pessoa mais estranha, fora o coveiro de óculos ray-ban, era Bóris, com seus óculos fundo de garrafa, seu terno pequeno e mal-ajambrado e a gravata amarela.

Beatriz observou de longe o sepultamento. D. Gláucia, a secretária de Rafidjian, esteve por todo o tempo amparada por parentes do médico. Seu olhar desolado só confirmava minhas suspeitas de que era apaixonada por seu patrão.

Num momento em que eu a observava atentamente, reparei que Bóris me olhava com uma expressão de descrédito. Ele balançou a cabeça como quem diz: "Desiste, Bellini". Reparei também numa outra pessoa, uma mulher alta e sólida, mulata, que ficou por muito tempo consolando os filhos menores Sérgio e Sílvia. Pela aparência simples e pela intimidade que demonstrava com os Rafidjian, concluí que fosse uma dessas empregadas domésticas que se tornam parte da família.

Caminhei em direção a Beatriz e convidei-a para um drinque no bar do cemitério. Eles não vendiam bebidas alcoólicas e nos contentamos com dois cafés.

Ela estava linda à luz clara daquela manhã de maio. A boca larga, os cabelos escuros, o corpo esguio, os peitos pequenos e desafiadores. Nossa conversa foi estranha, um pouco tensa, e o assunto principal foi a morte.

Talvez por estar num cemitério, tive a nítida sensação de que, em Beatriz, sexo e morte pulsavam juntos.

23 de maio, quarta-feira

Vi meu rosto assustado estampado no jornal de maior circulação da cidade: "O detetive Remo Bellini da Agência Lobo de detetives, após depor na Delegacia de Homicídios, onde explicou à polícia por que havia sido contratado pelo médico assassinado".

Uma das matérias que abordavam o crime trazia o título: "Detetive investigava prostituta por quem o cirurgião estava apaixonado".

A reportagem insistia na tese de que Rafidjian era um homem bem casado, que mantinha uma vida paralela, encontrando-se secretamente com prostitutas na região central da cidade. O nome da prostituta, no entanto, não apareceu em nenhum dos jornais. O motivo, segundo os próprios jornalistas, era que a polícia não queria fornecer o nome para não prejudicar as investigações. Eu experimentava uma calma nervosa, se é que existe tal sentimento.

A polícia não conseguiu segurar a informação por muito tempo e, no dia seguinte, li em todos os jornais aquele nome com o qual convivera secretamente por alguns dias: Ana Cíntia Lopes.

Aquilo me magoou como se alguém entrasse em minha casa e roubasse uma foto de uma ex-namorada nua. Li também Camila Garcia e Dinéia Isidoro e foi estranho ver seus nomes escritos naquelas letrinhas pequenas e impessoais.

Mas o que mais me irritou foi ler o nome Remo impresso no jornal.

A expressão aparvalhada e imbecil com que me flagrou a fotografia acabou definitivamente com meu bom humor. Eu parecia um completo idiota a quem ninguém em sã consciência confiaria uma missão que exigisse um mínimo de inteligência.

Além disso, exibia alguns quilinhos acima do peso que me permitiria ser chamado de um homem esbelto, e não estava sequer me alimentando como gostaria.

24 de maio, quinta-feira

1.

O Lobo estava com a cara amarrada quando passei no escritório em busca de um pouco de conforto psicológico. Dora costumava dizer que toda vez que o trabalho do detetive se tornava público ele falhava. "O trabalho do detetive é secreto por princípio."

Ela não podia suportar o fato de ver seu nome publicado em todos os jornais da cidade. Era como uma derrota.

Convidei-a a um café para espairecer, mas ela preferiu subir ao último andar e beber alguns "scotchs" no Terraço Itália, observando a cidade do alto. Depois de duas doses acompanhadas de amendoins sem casca, a carranca de Dora se desfez.

— Pois é, Bellini — disse —, acabou a brincadeira. — E acendeu uma Tiparillo.

— Qual é a sua conclusão? — perguntei.

— Já existia um mistério por trás de tudo, antes mesmo que ocorresse o assassinato. — Soltou a fumaça pelas narinas. — Alguns fatos não se encaixam.

— Por exemplo?

— Eu analisei os relatórios. — Ela gesticulava com a mão que segurava a cigarrilha. — Existem algumas contradições. Acho estranho Stone e Fátima não terem reconhecido Rafidjian.

Veja bem, se Camila ou Dinéia realmente mantinham alguma espécie de relação com o médico, seria de esperar que tivessem comentado alguma coisa a seu respeito com os colegas de trabalho. Rafidjian era sui generis demais para passar despercebido num meio onde a fofoca é uma forma de confraternização.

Ela bebeu um gole do uísque e fitou pensativamente a cigarrilha sobre o cinzeiro.

— Quando me procurou — prosseguiu —, Rafidjian afirmou ter investigado por conta própria a Dervixe e outras casas, interrogando fregueses e funcionários a respeito do paradeiro de Ana Cíntia. Ninguém citou esse fato, nenhuma das pessoas que você contatou mencionou esse fato... o barman da Dervixe não falou nada, nem Fátima, nem Stone, ninguém disse palavra a esse respeito.

— Talvez eu tenha dado azar e tenha investigado as pessoas erradas. Afinal de contas minha investigação não foi assim tão abrangente. — Senti um certo prazer em contrariá-la.

Dora balançou a cabeça em movimento de negação.

— Qual é a sua hipótese então? — inquiri.

— Eu não tenho hipótese — respondeu —, só não me convenço de que o Dom Quixote era um simples e ingênuo voyeur apaixonado por uma piranha da Dervixe.

— Por que não?

— Porque ele foi assassinado.

2.

Pedi mais duas doses ao garçom. Ficamos algum tempo em silêncio. Quando ele chegou com os copos, antes que os trocasse pelos vazios, disse:

— Vocês estão trabalhando no caso do médico que foi assassinado com o guarda-chuva, não é?

Dora ficou furiosa e eu, receoso de que ela cometesse alguma grosseria, me adiantei:

— Você leu no jornal?

— Não — ele respondeu. — Acabou de dar na televisão, no noticiário da hora do almoço.

— Pois é, nós estávamos — corrigi. — Agora é com a polícia.

— Vocês podiam me dar um autógrafo? — Ele tirou do bolso o bloquinho de papel e a caneta com que anotava os pedidos e ofereceu-o a Dora. Ela permaneceu imóvel, desconcertada, e eu rapidamente puxei o papel e rabisquei ali o meu nome. O garçom se afastou agradecido.

— É o sucesso, Dora, você tem que aprender a lidar com isso.

— O sucesso de um detetive é o anonimato total — ela disse rispidamente.

— Está na hora de você deixar de ser tão dogmática e começar a usufruir dos louros da glória.

Dora limitou-se a dirigir-me um olhar fulminante.

Bebemos uns goles, voltei à carga:

— Falando sério, você acha que a morte do médico pode ter alguma coisa a ver com os irmãos Tureg ou com a Máfia ou qualquer outro delírio desse tipo?

Ela respondeu secamente:

— Acho que não.

— Só isso? Acho que não? Não exagera, Dora, o que foi que eu fiz pra você ficar assim tão seca?

— Falando em seca — ela assumiu aquele ar de diretora de colégio —, e em exagero, acho bom você parar de beber.

— Do que você está falando?

— Estou falando pra você parar de beber.

— E desde quando você determina quanto e quando eu devo beber? — perguntei, simulando indignação.

— Desde agora, filhote. Temos um novo caso.

— Novo caso?

— É, chega de drama. Dr. Rafidjian é coisa do passado, virei a página, acabou. Agora só pelos jornais.

— Você tá falando sério? — Ela definitivamente sabia como me surpreender.

— Ora, Bellini, nós temos que trabalhar... você vai interromper o fluxo normal da sua vida só porque o dr. Rafidjian — ela pronunciou o nome de uma forma jocosa — foi assassinado?

Bebi um gole demorado, perguntei:

— Que porra de caso é esse?

— Moleza. Você tem que seguir um sujeito, só isso.

— Quem?

— Um empresário. Pompílio Nagra. Seu sócio, Fabian Fegri, está desconfiado de que Pompílio esteja passando informações sigilosas a concorrentes. Traição profissional. Tudo que você tem a fazer é seguir Pompílio vinte e quatro horas por dia e anotar por onde anda.

3.

Aquilo podia ser fácil, mas era muito chato.

Seguir um empresário que estava traindo o sócio parecia tão atraente quanto ir ao dentista.

Pagamos nossa despesa no Terraço Itália e descemos ao escritório para os detalhes do caso. Antes que eu fosse embora, contradizendo-se de maneira gritante, Dora perguntou:

— O Bóris comentou alguma coisa a respeito daquele parceiro estrangeiro de Camila?

— O Bóris não comentou nada — respondi. — Ele ficou olhando obcecado para as fotos de Dinéia e Camila e nem sequer se despediu de mim. O Bóris é um pouco desequilibrado, não?

— Desequilibrado o suficiente pra ser considerado o melhor tira da Homicídios — ela afirmou, peremptória.

— Tudo bem, mas ele não comentou nada de nenhum estrangeiro, que eu me lembre. Pra ser sincero, do que você está falando? — Eu estava com a mente um pouco embaralhada pelo uísque.

— Estou falando que você tem que parar de beber. Concentre-se, Remo Bellini. — Quando ela me chamava de Remo é que a coisa não estava indo muito bem.

Prosseguiu, impaciente:

— Lembre-se de sua conversa com o informante no Bisteca d'Ouro. Aquele merdinha disse que a última vez que viu Camila ela estava fazendo um show com um estrangeiro chamado Miguel ou Manuel. Ele inclusive se refere ao show como "alucinante".

— Aquele imbecil deve achar um ioiô a coisa mais alucinante do mundo.

— Sem piadas, frango.

— Desculpe, mas não dá pra levar a sério um cara que fala que a droga é "very cheap" e que "that's all", "the end" e sei lá o que mais.

— Eu não estou falando pra você levar Stone a sério, eu quero saber se o Bóris comentou alguma coisa sobre esse Miguel ou Manuel.

— Eu me lembro. Miguel ou Manuel. O Bóris não comentou nada a esse respeito. Por que deveria?

— Por nada — ela respondeu. — Esse nome me veio à cabeça, só isso.

— Pensei ter ouvido você dizer que o caso Rafidjian fosse página virada.

Ela sorriu e acionou de surpresa o toca-discos. A sala foi invadida por uma de suas sinfonias e aquele era o sinal de que nossa conversa tinha chegado ao fim.

4.
Voltei para casa e Beatriz não me saía da cabeça.

O que seria aquilo? Amor à primeira vista? Falta de mulher?

Fiz um sanduíche com um resto de requeijão cremoso e botei uma fita de Muddy Waters no gravador. "Good morning little school girl", ele cantava, e eu imaginei Beatriz caminhando inocentemente para a faculdade com seus livros de direito abraçados junto aos peitinhos que eu tinha visto na pizzaria.

O que seria aquilo, afinal? Paixão avassaladora? Delírios adolescentes retardados?

"Tell your father, baby, tell your mother, I'm a little boy too."
Consultei o relógio: 19h45. Resolvi telefonar.

— Alô? A Beatriz está?
— Não. — A voz era de uma mulher mais velha. — Quem gostaria?
— É Bellini. Remo Bellini.
Por que eu disse Remo? Eu não costumava fazer isso, só quando estava muito nervoso.
— Eu não sei a que horas ela volta, Bellini. Quer deixar recado?
A voz, repentinamente, não era mais de uma mulher "mais velha" apenas, era também "mais madura".
— Não, obrigado. Diga apenas que eu liguei. Até logo.
— Até logo.
Desliguei. Toda vez que me sentia apaixonado, tecia fantasias a respeito da mãe da mulher por quem me apaixonava. Desde criança. A mulher com quem falei ao telefone era provavelmente a mãe de Beatriz e na minha fantasia ela já tomava a forma de uma Beatriz mais experiente, mais maternal e mais compreensiva. Eu sempre tive um fraco por mulheres mais velhas.
Estatelei-me no sofá e entreguei-me a devaneios ao som de Jimmy Reed.
Mulheres são uma ilusão, pensei, ainda mais ao telefone. O que diria Caled se soubesse das muitas vezes que me apaixonei ao telefone, simplesmente por ouvir uma voz bonita? E de tantas decepções que se sucederam, pois obviamente as mulheres nunca eram tão lindas quanto suas vozes sugeriam?

5.
Peguei no sono.
Sonhei com um homem negro, de óculos escuros, caminhando por um canavial. Não era um negro brasileiro, era um negro americano.

O telefone tocou, atendi ainda não completamente desperto.
— Alô?
Era voz de mulher. Pensei que fosse Beatriz, mas não tive certeza.
— Quem fala? — perguntei, meio dormindo.
Era Fátima. Acordei.
— Fátima, quanto tempo.
— Pois é, você agora é famoso, aparece no jornal e na TV todo dia.
— É verdade, mas não é bom. A freguesia pode perder a confiança.
— Não. Publicidade sempre faz bem.
— E então, Fátima?
— E então o quê?
— Por que você me ligou?
— Eu liguei porque você está me devendo uma, lembra?
Aquilo me pegou de surpresa. Eu realmente lhe devia uma, o problema era saber o que ela entendia por "uma".
— É verdade, você me ajudou muito, só que esse médico morreu de repente e a gente teve que abandonar o caso...
— Calma. Eu não quero nenhum dinheiro, não.
— Não?
— Não.
— O que você quer então?
Ela deixou a conversa cair num silêncio preocupante. Depois, continuou:
— Eu quero terminar aquele papo que a gente começou.
— Que papo? — Eu forçava uma ingenuidade inverossímil.
— O beijo que você me deu.
— Que tem o beijo? — Eu insistia inutilmente no personagem "detetive ingênuo".
— Eu quero continuar aquele beijo. Assim você paga o que me deve.
Era isso que eu temia. Não que Fátima não fosse uma mulher atraente e o fato de ser uma prostituta não temperasse

com sabores extravagantes uma promessa de aventura. A questão era o momento. Eu me sentia comprometido com Beatriz e nem mesmo saberia explicar por quê. De qualquer maneira, se eu tentasse explicar por que a alguém, esse alguém com certeza não seria Fátima. Eu não queria ferir seu amor-próprio e ela realmente havia me ajudado num momento da investigação em que tudo que eu descobrira até aquele instante era que mulheres eram uma ilusão.

E, além do mais, ela insistia naquele beijo. Por que cargas-d'água fui beijá-la no último instante, dentro do táxi, quando já tínhamos inclusive nos despedido? Desde quando meu beijo tornara-se irresistível? Não adiantaria botar a culpa no álcool. Minha ex-mulher diria que responsabilizar o álcool seria "muito simplista".

Será que finalmente uma prostituta se sensibilizava com meu carinho, ao contrário daquela primeira experiência quando eu era garoto, no bordel da alameda Glete, em que gastei meus vinte minutos sentado, tentando inutilmente uma ereção?

A voz de Túlio Bellini mais uma vez ecoou em minha cabeça com uma de suas frases lapidares: "O homem de bem é aquele que assume as consequências de seus atos, sejam eles bons ou maus".

Após os dois segundos que durou toda essa reflexão, perguntei:

— Fátima, o que você vai fazer agora?

— Nada. — Notei um tom de vitória em sua voz.

— Então vem pra cá — concluí.

Confesso que me senti um pouco angustiado com essa decisão. Não tanto por Beatriz, com quem na verdade eu não tinha nenhum compromisso, nem mesmo por mim, a cujos conflitos eu já estava bem acostumado; mas por uma inversão de valores que eu sentia acontecer. Quem era a prostituta, afinal de contas, Fátima ou eu? Quem estava pagando a quem? Pagando o quê?

Como fazia sempre que as questões se tornavam muito numerosas, me servi de uma dose generosa de Jack Daniel's, o amigo americano, e coloquei Robert Johnson em alto volume no toca-fitas. Escutá-lo era para mim como consultar um oráculo. Sua voz levou-me à estante do escritório de Túlio Bellini. Mais precisamente ao velho *Dicionário da mitologia grega e romana*. Para ser exato, a voz de Robert Johnson levou-me à linha número 51 do verbete "Rômulo".

6.

RÔMULO. (Romulus) Rômulo e Remo foram recolhidos por uma loba que acabara de ter suas crias e que se apiedou das duas crianças. Ao amamentá-las, impediu que morressem de fome. Sabe-se que a loba é um animal consagrado ao deus itálico Marte e considera-se como certo que esta loba foi enviada pelo deus para cuidar das crianças. Para mais, um pica-pau (que é o pássaro de Marte) ajudou a loba a alimentá-los. Em seguida, surge o pastor Faustulus que encontrou as crianças alimentadas deste modo prodigioso, apiedou-se delas e entregou-as à própria mulher, Acca Larentia, que as criou. Céticos, alguns mitógrafos, seguidos sobretudo pelos Padres da Igreja, pretenderam que a Loba que tomara conta dos dois gêmeos não era outra senão Acca Larentia cuja má conduta lhe merecera o sobrenome de loba (lupa, em latim, "a loba", é efetivamente o termo com que se designavam as prostitutas).

Enquanto Robert Johnson cantava "Me and the Devil walking side-by-side", a vizinha velha e solitária bateu algumas vezes na parede reclamando do som, mas o único barulho que me fez baixar o volume do gravador foi o da campainha tocando.

Era Fátima.

Eu poderia tentar relatar aqui como se sucederam os fatos até que se consumou nossa relação sexual. Todo aquele ritual que qualquer ser humano adulto conhece e que, apesar de uma ou outra variação, se constitui sempre da mesma coisa: beijos, chupadas, pelos, fricção, penetração, saliva, secreção, ejaculação, espasmos, esperma e odores misturados de flores e urina.

Gostaria de poder narrar exatamente como ocorreu a trepada, mas meu envolvimento ativo e intenso no processo me impede de descrevê-lo em minúcias.

Digamos assim que eu me lembro muito bem até hoje de seu hálito quente de cigarro e da consistência úmida de sua língua. E do tamanho e opulência dos seus seios, para mim sempre a parte mais prazerosa do corpo feminino. E também do perfume envolvente, ora atraente ora repugnante, de sua vagina, assim como de sua temperatura cálida.

O que posso afirmar com certeza é que depois que todo o meu ímpeto se esvaiu num gozo prolongado e aliviador, me invadiu um desejo de que ela fosse embora dali imediatamente. Esse desejo chegou recheado de uma culpa mal focalizada, como se eu usasse o rosto de Beatriz para mascarar meu próprio rosto. Como se inconscientemente eu quisesse me culpar por tê-la traído, quando na verdade eu me culpava por trair a mim mesmo. Mas esses pensamentos não duraram muito tempo, afinal foi apenas sexo, pensei, e "um bom profissional é sempre um bom profissional", diria Dora Lobo.

Assim, botei um ponto final nas divagações da consciência e convidei Fátima para comer alguma coisa no Luar de Agosto. Imaginei que de lá seria mais fácil despachá-la com a desculpa de que minha mãe viria visitar-me pela manhã, impossibilitando-a de passar a noite comigo.

Quando chegamos, sentamo-nos à mesa que eu ocupava habitualmente e Antônio me piscou um dos olhos num sinal de cumplicidade masculina, que sempre repetia quando me via acompanhado de uma mulher.

Durante o jantar quase não nos falamos, mas enquanto tomávamos café perguntei à Fátima se conhecia Miguel ou Manuel, o tal gringo que Dora mencionara em nossa conversa à tarde no escritório.

— É um chileno sacana. O nome dele é Miguel. Faz shows de sexo explícito e dorme com homens e mulheres por dinheiro.

Mais tarde, antes de dormir, recapitulando os fatos da noite, lembrei-me que, durante nosso "acerto de contas" (uma maneira diferente de se dizer "relação sexual"), o telefone tocou insistentemente por duas vezes seguidas. Embora eu estivesse ocupado com Fátima, não deixei de sentir uma pontada no coração adivinhando a provável autora dos telefonemas.

Eu estava apaixonado por Beatriz, e era comum que me apaixonasse pela mulher errada.

25 de maio,
sexta-feira de manhã

1.
Pompílio Nagra, apesar do nome remeter a uma pessoa idosa, era um jovem atlético e bem vestido. Vigoroso, andava a passadas decididas e parecia estar sempre em movimento, mesmo quando estava parado. Esse era o homem a quem eu devia seguir.

Sua aparência em tudo lembrava um odioso yuppie, um tipo muito em voga naqueles dias, e que se caracterizava por um egoísmo cultivado e preocupação excessiva com a conta bancária e perfeito funcionamento do próprio corpo.

Durante a manhã segui seus passos, e isso foi o suficiente para formular um dossiê completo de sua personalidade metódica e previsível.

Logo cedo, às sete horas, praticou quarenta minutos de corrida e depois se enfurnou numa academia de ginástica por mais uma hora. De lá saiu elegantemente vestido e dirigiu-se a uma lanchonete de comida natural onde ingeriu um café da manhã perfeitamente equilibrado e composto de todas as vitaminas e nutrientes que seu organismo necessitaria por todo o dia. Um detalhe: só bebeu água mineral.

Depois disso foi para o trabalho e por lá permaneceu durante toda a manhã até a hora do almoço.

Às duas horas da tarde, Pompílio e nosso cliente Fabian Fegri (seu sócio e por que não dizer seu sósia, já que Fabian era também um yuppie bem vestido, bem-sucedido e bem cuidado, do tipo que trata as unhas na manicure) saíram juntos do prédio onde funcionava sua empresa e caminharam conversando animadamente até um restaurante na avenida São Luís.

O restaurante funcionava no andar térreo de um hotel de luxo e pela proximidade com o edifício Itália era conhecido por todos no escritório de Dora (não era raro que lá almoçássemos com um ou outro cliente de vez em quando).

Como meu trabalho era seguir Pompílio a mando de Fabian, pois este desconfiava que o outro o traía, pensei que não haveria problema em abandoná-los pelo tempo que durasse o almoço, pois seria impossível que se traíssem mutuamente enquanto almoçavam.

Antes de sair, combinei com Eusébio, o maître, que me ligasse no escritório tão logo os dois pedissem a conta.

Fui até a toca do Lobo saber das novas.

2.

Por algumas horas havia me esquecido completamente da morte de Rafidjian, mas foi impossível não me lembrar dela ao entrar no escritório e me deparar com Rita recortando notícias de jornais onde o crime era mencionado. Ao perceber meu olhar interrogativo, ela explicou:

— Dora quer montar uma pasta com todas as notícias sobre o caso Rafidjian.

— Pra quê? Ela me disse que não queria mais saber desse crime.

— Bellini... — Rita me olhou como quem diz: "Você não conhece a Dora?".

Passei os olhos pelos recortes e não havia nada de novo. Perguntei:

— Algum recado pra mim?
— Dois. Iório ligou bem cedo pedindo para avisá-lo de que ele e o investigador Bóris vão se encontrar hoje à uma hora da manhã no Bisteca d'Ouro. Pediu pra você aparecer.
— É delegado, não investigador — corrigi.
— Dá na mesma, delegado, investigador, qual é a diferença? — perguntou.
— Sei lá. É tudo polícia, né? Você tem razão. E o outro?
— Outro?
— O outro recado, Rita.
— Ah — ela esboçou um sorriso cheio de significados. — Beatriz. Pediu pra você ligar de volta.
— Quando?
— Quando você chegasse.
— Não, Rita. Quando ela ligou?
— Agora mesmo... quinze minutos atrás. Quer que eu ligue pra você?
— Não, obrigado. — Era preferível fazer esse telefonema sem a presença bisbilhoteira de Rita. — Vou voltar pro meu posto — afirmei. — Se o Eusébio ligar, diga que estou a caminho.

Fiz menção de abrir a porta da sala particular de Dora para dizer alô, mas um solo intrincado de violino me fez desistir da ideia.

3.
Voltando ao restaurante onde meus yuppies almoçavam, parei num orelhão.
— Alô? Beatriz está?
— É ela.
— Beatriz?
— Bellini.
— Tenho pensado em você.
— E isso é bom?
— É no mínimo um pouco perturbador — respondi.
— Você me ligou ontem? — ela perguntou.
— Liguei, você não estava. Acho que falei com a sua mãe.

— Falou sim. Eu liguei de volta quando cheguei, mas você também não estava.
— É, eu saí. — Senti um laivo de culpa no peito. — Quer jantar comigo?
— Hoje?
— Hoje não dá. Tenho um encontro com o Bóris e um outro tira.
— Caso Rafidjian? — ela perguntou.
— Eles devem estar querendo checar algumas informações.
— Tenho lido as notícias nos jornais. Eu não sabia que o seu nome era Remo. Eu gosto de Remo.
— Você gosta? — Fiquei perplexo, como se estivesse nu. — Eu detesto. Olha, vamos jantar amanhã?
— A que horas? Eu tenho um compromisso no começo da noite.
— Compromisso? Desculpe a objetividade, Beatriz, mas você tem namorado?
— Eu gosto de gente objetiva. Não, eu não tenho namorado, Remo.
— Você tem que ficar falando Remo o tempo todo?
— Eu acho bonito Remo.
— Eu te apanho por volta de meia-noite, mas ligo antes, tá bom? Primeiro tenho que botar um yuppie pra dormir.
— Um yuppie? Adoro yuppies.
— É um caso novo que pegamos. Meu trabalho é vigiar um yuppie. A propósito, eu odeio yuppies. Um beijo, até amanhã.
— Até.

Quem olhasse para Pompílio Nagra e Fabian Fegri conversando animadamente não desconfiaria que um deles contratara um detetive para seguir os passos do outro.

Quem me visse falando apaixonadamente ao telefone com Beatriz não imaginaria que na noite anterior eu estava urrando enroscado a Fátima num orgasmo animalesco.

Os fantasmas de meu pai e de minha ex-mulher me atacariam a qualquer momento, era uma questão de tempo. Tentando evitá-los, concentrei-me em seguir Pompílio sem muitos questionamentos. Impossível. Sua rotina era tão sem graça que nem conseguiu me distrair.

Não encontrei sequer indícios de sua suposta traição. Se fosse comprovadamente um traidor talvez eu o admirasse um pouco, ou pelo menos me convencesse de que era um ser humano repleto de contradições e conflitos como qualquer outro. Mas não, Pompílio Nagra era uma caricatura de robô produtivo e eficaz.

Tive de me lembrar de Dupin, Sherlock Holmes, Padre Brown, Poirot, Sam Spade, Continental Op, Nick Charles, Philip Marlowe, Lew Archer, Nero Wolfe e tantos outros detetives (sem me esquecer de seus espirituosos assistentes, como Watson e Archie Goodwin, entre outros) para me convencer de que havia optado acertadamente em abandonar a carreira de advogado.

As onze e meia da noite as luzes do flat de Pompílio se apagaram.

Voltei para casa e redigi um relatório burocrático e desprovido de ação.

Consultei o relógio, 00h47.

Notei que estava excitado e eufórico com a perspectiva de me reencontrar com Bóris e Iório.

O caso Rafidjian voltara ao centro de minhas atenções agora que Beatriz já estava comprometida a jantar comigo na noite seguinte.

4.

Ao entrar no salão amplo e enfumaçado do Bisteca d'Ouro avistei Iório e Bóris sentados na última mesa à esquerda.

Iório saboreava o tradicional filé-aperitivo, acompanhado de fatias de pão, que molhava no caldo da carne, e cerveja, que bebia em longas goladas.

Bóris permanecia imóvel em frente a um copo intocado de

guaraná. Ele parecia distante, como se ainda pensasse nas fotos de Camila e Dinéia, e tive a impressão de que mal me reconheceu quando o cumprimentei. Já Iório, como era de seu feitio, foi caloroso e exagerado, beijando-me constrangedoramente ambas as faces como mulheres se beijam quando se encontram.

Ele foi o primeiro a me interpelar, confesso, com bastante ironia:

— Mas que catso de caso é esse que vocês arrumaram, Bellini?
— Que catso? Que caso?
— Rafidjian. — E dirigindo-se a Bóris: — Conta pra ele.

Bóris retirou seus óculos pesados e limpou-os com um lenço branco. Colocou-os de volta sobre o nariz e as orelhas, bebeu um gole de guaraná, acendeu um Minister e disse:

— Tanto Camila quanto Dinéia nunca viram nenhum dr. Rafidjian nem conhecem ninguém que o tenha visto.

— Como assim? — perguntei, sob a vigilância irônica de Iório.

Bóris encarou-me do fundo de suas lentes grossas:

— Nunca ouviram falar, nem fazem a menor ideia de quem se trata.

Eu me senti péssimo.

— Quer dizer que segui pistas falsas? — perguntei.

— Qualquer pista que tivesse seguido seria falsa — respondeu Bóris —, Rafidjian não era conhecido na Dervixe. Ele nunca a frequentou, nem de fora nem de dentro. Nunca esteve lá, nem manteve contato com nenhuma das dançarinas.

— Tem certeza?

Iório adiantou-se e respondeu:

— A polícia tem certeza.

— A polícia às vezes erra — arrisquei.

— Não dessa vez — afirmou Bóris. — O secretário de Justiça está preocupado com a publicidade do caso e exigiu rapidez na elucidação do crime. As investigações levam a crer que essa história de Ana Cíntia Lopes foi uma mentira inventada por esse médico.

Precisei de algum tempo para assimilar o fato. Iório pediu

duas cervejas ao garçom e Bóris tragou demoradamente o cigarro, enquanto mirava o infinito através da parede branca. Perguntei:

— Se tudo isso foi invenção de Rafidjian, como se explica que encontrei duas garotas que correspondiam à descrição física de Ana Cíntia, e que ambas haviam efetivamente desaparecido fazia um mês, como ele dissera a Dora? Coincidência?

— É possível — respondeu Bóris. — Ele poderia ser um louco mitômano que tivesse se apaixonado por essa dançarina só de vê-la ali pela calçada. Depois, quando ela sumiu, desesperou-se e contratou um detetive para encontrá-la. O problema é que o homem não parecia ser louco, ao contrário, era um médico normal, pai de família, um sujeito equilibrado. Todos os depoimentos de familiares e conhecidos concordam num mesmo ponto: Samuel Rafidjian Júnior era um homem afável e sem inimigos.

— E esse nome, Ana Cíntia Lopes? — perguntei, inquieto.

— Esse nome não quer dizer nada — respondeu Bóris, cansado.

— Se o cara era louco — disse Iório —, essa foi a única vez na vida em que demonstrou a loucura. Além do mais, louco ou não louco, por que foi assassinado?

Ambos olhamos para Bóris, que balançou a cabeça negativamente.

— Não sei. Nessas horas é preciso apelar para os fatos mais inusitados e improváveis. No começo da carreira, Rafidjian fez uma cirurgia, talvez sua primeira cirurgia, que sob determinado ângulo poderia ser vista como uma pista, ou como uma quase pista. Isso foi em 1965, Rafidjian tinha trinta anos de idade e acabava de retornar dos Estados Unidos, onde fizera uma residência de dois anos no setor de pediatria do Memorial Hospital de Nova York. Logo que chegou foi contratado pelo Hospital das Clínicas de São Paulo e sua primeira cirurgia foi num garoto de oito anos, que tinha um tumor no cérebro. O menino sobreviveu, mas ficou cego. Na época os pais ficaram muito abalados e uma enfermeira se lembra de ouvir o pai do menino gritar no corredor do hospital: "Meu filho está cego! Esse médico deixou meu filho cego!".

Ele tirou novamente os óculos e limpou com o lenço as lentes que se embaçavam a todo momento. Reparei que sem os óculos Bóris também parecia cego.

— Pode parecer loucura — disse, um pouco sem graça —, mas o fato de Rafidjian, ao ser assassinado, ter tido seus olhos perfurados, me fez pensar em alguma espécie de vingança tardia. Por enquanto só encontramos a enfermeira, que confirmou a história; meus homens estão checando os outros envolvidos no incidente.

Eu ia dizer alguma coisa, mas ele se antecipou:
— Mesmo que essa hipótese seja verdadeira, continuamos sem explicação para o fato de Rafidjian ter contratado Dora Lobo para encontrar a dançarina que ele chamava de Ana Cíntia... Ana Cíntia... puta que pariu, me deu branco.

— Lopes — completou Iório.
— E quanto à Máfia, Abel Focca e os irmãos Tureg? — perguntei.
— Sinceramente — respondeu Bóris —, eu não consegui encontrar o menor elo entre eles e Rafidjian. É como água e azeite, não se misturam.
— Quer dizer que a polícia não tem pista nenhuma sobre o crime, essa é a verdade — concluí. — E quando a imprensa souber desse fato, o que é que vocês vão dizer?
— Nem me fale — disse Bóris.
— Filhos da puta — arrematou Iório ao seu estilo.

Eu queria desesperadamente encontrar alguma pista, como se isso pudesse provar que todo o meu trabalho não tinha sido em vão. Perguntei:
— E a mulher do médico?
— D. Sofia? — Bóris parecia mais abatido a cada minuto que passava. — D. Sofia acha que a polícia desconfia dela e não há meio de lhe tirar isso da cabeça. Ela e Rafidjian tinham uma

relação muito formal, pareciam estranhos um ao outro. Sofia se refere ao marido como se falasse de um parente distante. É esquisito.

— Mas a polícia tem alguma razão pra desconfiar dela? — perguntei.

Ele levou algum tempo para responder:

— Nenhuma.

5.

Bóris foi embora, alegando cansaço.

Permaneci com Iório a pretexto de ajudá-lo a acabar com a cerveja, mas na verdade tentava me anestesiar daquelas informações. Era frustrante saber que todas as minhas investigações tinham sido inúteis e que o caso era naquele momento ainda mais misterioso que no dia do assassinato.

Eu estava ansioso por ouvir as considerações de Dora a respeito das novidades, mas eram três e meia da madrugada. Além disso, me lembrei de que em pouco tempo Pompílio Nagra estaria acordado, pronto para o seu jogging matinal. Aquilo me derrubou de vez. Mais uma noite perdida em meio a hipóteses e divagações sobre um crime que não me dizia respeito. Saí dali correndo, apesar de Iório insistir que ainda era cedo, e vi de relance Stone acompanhado de dois tiras à paisana. Lá estava o rato na sua rotina de delações, provavelmente respondendo às perguntas com "yes", "no" e "I don't know". Ele reparou que eu o notava e tive vontade de dizer: "Fuck you", mas ele virou o rosto e fingiu não me reconhecer.

A noite estava irremediavelmente perdida.

Voltei para casa, tomei banho, fiz a barba, preparei um café forte e coloquei Freddie King no gravador. Freddie, ao lado de Albert e B. B., compõe a mitológica tríade dos King, os três reis magos do blues. A luminosidade da manhã invadiu a sala junto com sua voz: "Have you ever loved a woman? So much trouble and pain...". Pensei em Beatriz. Anotei um lembrete e o preguei com tachinhas no lado de dentro da porta da sala: "Reservar uma mesa no Govinda".

Algum tempo depois, telefonei para Dora, consciente de que interrompia seus exercícios de aikido.
Ela exultou com a notícia de que Rafidjian era desconhecido de todos na Dervixe.
— Eu sabia — ela disse. — Não te falei que havia alguma coisa errada, alguma coisa que não se encaixava?
— Você é mesmo um gênio, Dora.
— Não seja sarcástico, Bellini. Eu sei que é irritante seguir um empresariozinho desinteressante, mas fazer o quê? É preciso trabalhar.
Nada como a confirmação de uma suspeita para deixar Dora Lobo num bom humor inabalável.

26 de maio, sábado à noite

1.

O Govinda era um restaurante de comida indiana, onde pouco mais de três anos antes eu propusera casamento a minha ex-mulher. Eu estava apaixonado na época, o que explica que tenha guardado uma boa impressão do jantar.

O mantra hipnótico da cítara, os temperos inebriantes da comida e a suavidade do vinho faziam do lugar um ambiente propício a revelações e confidências. Minhas intenções tornavam-se bem claras ao convidar Beatriz para o mesmo restaurante e, "se possível", como disse ao telefone para o sujeito encarregado das reservas, a mesma mesa, ao lado da lareira.

Pompílio Nagra não me decepcionou. O homem era tão metódico que, após um sábado neutro em que nada aconteceu, apagou as luzes de seu flat exatamente à mesma hora em que as apagara na noite anterior, onze e meia. Imediatamente telefonei para Beatriz do primeiro orelhão que encontrei. Como fazia nessas ocasiões, tomara emprestado o carro de Dora, um Voyage do ano com toca-fitas, o que me possibilitou receber Beatriz ao som de Robert Johnson, para mim o mais profundo e transcendente dos blues-men que já habitaram a face da Terra.

O jantar transcorreu como de costume nessas ocasiões, nós

dois tentando mostrar um ao outro o melhor de cada um, os melhores sorrisos, os melhores ângulos, as melhores tiradas e as mais espirituosas observações. Tudo isso funcionou como uma preparação e, para minha surpresa (agradável surpresa), Beatriz gostava tanto ou mais que eu de beber com bons goles o vinho branco de esplêndida temperatura que eu encomendara ao sexualmente ambíguo garçom.

— Você vem sempre aqui? — perguntou.

— Da última vez eu me casei com a mulher que me acompanhava.

— Você se casa muito? — ela perguntou, sorrindo.

— Uma vez só e foi uma tragédia.

— Por quê? — A pergunta de Beatriz confirmou a desconfiança de que meu fracasso conjugal deixava as mulheres curiosas.

— Porque foi um casamento precipitado — respondi. — A gente não se conhecia direito e a vida em comum acabou sendo uma prova de nossa total incompatibilidade.

— Ela era advogada como você?

— Como nós — corrigi.

Beatriz balançou negativamente a cabeça:

— Eu não me formei ainda. E estou pensando em abandonar o curso.

— Por quê?

— Porque eu me decepcionei com o direito.

— Eu já passei por isso.

— Esses dias em que trabalhei com vocês — prosseguiu — me fizeram ver que fui levada ao direito por uma ilusão...

— Você acha que o direito é uma ilusão? — interrompi, pensando em Caled.

— Hã?

— Nada não, pode continuar — eu disse.

— Eu acho que nada é uma ilusão. Principalmente o direito. Eu não quero ser advogada, eu não me vejo como advogada, não quero conhecer leis. — Ela levou a taça aos lábios e bebeu o que restava do vinho. — Quero conhecer gente.

— Homens, de preferência? — perguntei.

— Não necessariamente; se fosse pra conhecer homens ficava no direito mesmo, só tem homem trabalhando no sistema judiciário.

— Ah, mas não se esqueça que a justiça é representada por uma mulher!

— Uma mulher de olhos vendados, uma mulher que não vê.

— Claro! Com todos aqueles homens pedantes e horrorosos que trabalham nos tribunais...

Ela sorriu.

— Você é um cara muito engraçado.

— Não. Eu sou realista.

— Eu acho você diferente.

— Diferente de quem?

— Dos outros homens. Você é ingênuo, sincero. Eu tenho um problema com homens.

Senti adrenalina correndo em minhas veias. Uma desconfiança terrível me fez empalidecer:

— Você... não gosta de homem?

Beatriz balançou a cabeça, rindo.

— Eu não sou lésbica, não, fique tranquilo. Eu tenho dificuldade em me relacionar com os homens, só isso.

— Então o seu problema é com relacionamento, não com homem — afirmei.

— Não. É com homem mesmo. Um homem específico.

— Um namorado? Um amante?

— Nada disso.

— Um homem casado? Um professor?

Respondeu, meio desenxabida:

— Deixa pra lá. Eu sei que você é um detetive, mas não tente investigar os meus problemas.

— Eu não estou aqui como detetive, você sabe disso.

— Desculpe, você é um cara legal. Isso foi uma coisa que

aconteceu há muito tempo, um homem que me magoou... uma relação difícil, dolorosa.

Notei algumas lágrimas presas nas bordas inferiores dos seus olhos.

— Não quero mais falar sobre isso, tá legal? — ela disse, determinada a encerrar o assunto.

Nesse momento o garçom me mostrou a garrafa vazia e eu pedi que trouxesse mais uma. Beatriz aproveitou a pausa para ir ao banheiro.

Temi que nosso jantar naufragasse num mar de lágrimas e vinho branco.

2.

— Vai abandonar o direito e fazer o quê? — perguntei, logo que ela voltou.

— Psicologia, eu acho.

— A psicologia tem pontos em comum com o direito no que se refere à investigação e à elucidação da verdade. — O vinho e a intenção de mudar de assunto me transformaram repentinamente num eloquente catedrático.

— É mesmo? — ela disse, ainda um pouco deprimida.

— Além do mais — prossegui com minha verborragia etílica —, o método de investigação da psicanálise é muito próximo ao método de investigação do detetive. Eu sempre digo que Sigmund Freud é o patrono dos detetives.

— É verdade — ela concordou, sorrindo, mostrando finalmente disposição em divertir-se com minhas bobagens.

Sempre tive uma deficiência na percepção do timing romântico; pelo menos era o que dizia minha ex-mulher. Deficiente ou não, senti que era o momento de atacar:

— Beatriz, preciso te falar uma coisa.

— Fala.

— Você não me sai da cabeça.

— É mesmo, Remo?
— Não me chama de Remo.
— Por quê? Eu não entendo, Remo é um nome tão bonito, original.

Foi a minha vez de evocar o passado doloroso.
Interrompi o fluxo da declaração romântica para contar-lhe a história da morte prematura de meu irmão gêmeo e das expectativas frustradas de meu pai em relação a mim, sempre me instigando, dizendo que Rômulo não teria sido um filho tão decepcionante. E de como tudo isso fomentou em mim um ódio por meu próprio nome.
— Remo, o Dois-em-Um! Remo, o Prevenido! Remo, o Decepcionante!
Beatriz olhou para as mesas vizinhas e depois me encarou como se só a camisa de força pudesse resolver meu caso.
— Você já fez análise, Bellini?
— Não, nunca achei que precisasse.
— Não me leve a mal, mas se você não precisa, quem é que precisa?
Tive vontade de dizer-lhe que ela caberia muito bem naquela resposta, mas, fazendo jus à boa educação que meus pais me deram, calei-me. Contra-ataquei com uma outra pergunta, mais generosa:
— Por que você não deixa eu resolver o teu problema com os homens?
— O que você acha que pode resolver já está resolvido. Eu não tenho problemas com sexo. Pelo contrário, eu adoro trepar. A minha dor é mais séria. Mais funda.
Essa afirmação fechou temporariamente um ciclo de conversas.

Depois do café, reiniciamos o diálogo num tom menos pessoal. Retomei a questão do direito e da psicologia:

— Beatriz, se você está decepcionada com o direito e se sente atraída pela psicologia, por que não opta por um meio-termo entre as duas ciências e vira uma detetive? Você já provou que tem jeito pra coisa.

— Não, eu não tenho jeito pra mentir... eu não estou querendo dizer que detetives são mentirosos, entenda, mas detetives têm que saber enganar e eu não consigo enganar.

— Desculpe — repliquei —, mas sou obrigado a concordar com Dora: advogados também têm que saber enganar, deformar, deturpar...

— Eu sei. É por isso que quero abandonar a faculdade. Enchi o saco de mentiras e agora estou atrás da verdade, por mais ingênuo que isso possa parecer.

— Não é ingênuo, é sincero — concordei. — Você pode não acreditar, Beatriz, mas também estou buscando a verdade e sabe aonde essa busca me levou?

Ela negou movendo a cabeça.

— Ao escritório de Dora Lobo. Há dois anos minha vida ruiu como um edifício implodido. Eu vivia inadaptado ao mundo. Meu casamento era uma piada, meu emprego era uma mentira, minha submissão ao meu pai era uma estupidez e eu... eu era um farsante.

— Mas agora não é mais. — Beatriz segurou minha mão entre as suas. Beijamo-nos. Durante o beijo fechei os olhos e senti sua língua afoita passeando por meus dentes, minha gengiva, meu céu da boca, minha língua. Notei meu pau intumescer, como Lázaro ressuscitado levantando da tumba. Ouvi também o ruído da madeira crepitando na lareira ao nosso lado. Esse ruído parecia brotar de dentro do meu corpo e por um momento imaginei que meu coração ardesse em brasa, como o coração de Jesus no quadro pendurado na parede da casa de Dinéia.

— Remo — ela sussurrou.

— Se você jurar pra mim que só me chama de Remo quando estivermos sozinhos...

3.
No carro, voltando para casa, ouvíamos Robert Johnson.
— Você quer ir pra onde? — perguntei, tentando aparentar isenção.
— Pra casa. Amanhã é domingo e eu passo os domingos com meu pai.
— Eu não gosto de domingos — afirmei.
— Ninguém gosta. Nem o meu pai, e é por isso que ele quer a filha junto dele. Pra anestesiar o tédio.
— Dora me disse que você planeja fazer uma viagem à Europa.
— É. Meu plano é passar as férias de julho viajando com umas amigas.
— Você já tem o dinheiro? — perguntei.
— Já. Quer dizer, o que faltar meu pai completa. Aquilo de trabalhar foi mais um lance de afirmação do que falta de grana.
— Pra onde você vai? — perguntei.
— Pra casa.
— Não, pra onde você vai na Europa.
— Curioso!
— Curiosidade é fundamental no meu negócio, você sabe.
— Eu tenho vontade de conhecer algumas cidades. Barcelona, Roma, Veneza... e, naturalmente, Paris.
— Roma. Eu queria conhecer Roma — falei sem pensar, mas reparei que era verdade, eu queria mesmo conhecer Roma.
— Ah, Remo... isso é tão óbvio! — Ela passou a mão na minha coxa. — Você devia deixar todo mundo te chamar de Remo.
— Não foi isso que a gente combinou... — redargui.
— Você precisa conhecer um psicanalista genial, amigo meu. Não custa nada tentar, por que você não tenta?
— Acho que tenho medo de descobrir que sou um babaca.

27 de maio, domingo

Segui os passos de Pompílio Nagra e nem mesmo no domingo ele traiu seu amigo. Eu já acreditava que aquela desconfiança era fruto de uma paranoia de Fabian Fegri. Era comum que pessoas ficassem paranoicas. Existia a paranoia da guerra nuclear, dos desastres ecológicos, da conjunção planetária, da crise econômica, das doenças incuráveis, da violência urbana, das profecias de Nostradamus, dos terremotos, dos maremotos e sei lá quantas mais paranoias. Talvez Fabian Fegri precisasse mais de um psicólogo do que de um detetive. Talvez eu precisasse de um psiquiatra.

Talvez Beatriz estivesse certa. Talvez não. Quem seria aquele homem misterioso a quem se referira? Que dor "séria" e "funda" seria essa, que lhe arrancara lágrimas dos olhos? Eu poderia persegui-la e investigar sua vida sem que ela desconfiasse, mas isso não seria justo. Eu nunca me perdoaria. Melhor esquecê-la, eu não precisava de mais uma mulher complicada em minha vida.

E, no entanto, eu só pensava nela o dia inteiro. Impossível esquecê-la. Eu me lembrava de seus seios, que vi de relance na pizzaria Camelo; e também das fotos que tirou de Dinéia, em Cornélio Procópio. E de seus sussurros dizendo "Remo", enfiando a língua dentro de minha orelha enquanto eu dirigia o carro emprestado por Dora. Lembrei-me de que eu não tinha um carro próprio. Lembrei-me de que havia comido Fátima e não tinha mais pensado nisso.

Lembrei-me de que Rafidjian estava morto e a polícia não tinha nenhuma pista do assassino.

Finalmente, lembrei-me de que era um detetive e desperdiçava o domingo atrás dos passos de Pompílio Nagra. Eu começava a sentir afeto por Pompílio. Ele era apenas mais um inofensivo solitário, como eu. Senti vontade de mandar tudo à merda e convidar Pompílio para bater um papo e tomar uma cerveja. Então peguei o walkman e escutei Muddy Waters até que passasse aquela vontade de me abrir com ele.

Nós estávamos irremediavelmente presos à nossa solidão, só isso.

28 de maio, segunda-feira de manhã

1.
Comecei o dia às seis e meia, acompanhando o jogging matinal de Pompílio.
A raiva inicial ia aos poucos se transformando numa espécie de compreensão. Qual o problema em correr todos os dias, afinal? Não era bom para a saúde? Que mal havia em querer preservar o próprio corpo? Seria algum crime trabalhar bastante para juntar um bom dinheiro? Pompílio era mais uma vítima, como eu. Era um equivocado, mas quem era eu para julgá-lo?
Por outro lado, por que me tornara de repente tão compreensivo? Estaria melhorando apenas por me encontrar apaixonado por Beatriz? O amor era assim tão redentor? Será que esse excesso de dúvidas, que já não se resolvia pela simples ingestão de uma dose de Jack Daniel's, era o sintoma de que eu realmente necessitava de um psicanalista?
Certamente uma noite de sexo com Beatriz resolveria tudo.

Na hora do almoço, como Pompílio e Fabian estivessem juntos comendo naquele mesmo restaurante na avenida São Luís, caminhei até o orelhão na calçada e, quando discava o número da casa de Beatriz, um orgulho infantil me acometeu.

Imediatamente interrompi a ligação. "E se ela tivesse me ligado antes?", pensei.

Esse motivo pueril me botou em contato com Dora: telefonei ao escritório para checar se Beatriz havia de fato me ligado.

Rita atendeu e logo que me anunciei dirigiu-me um tom de voz particularmente histérico:

— Bellini, graças a Deus! Dora está impaciente atrás de você. Me pergunta de cinco em cinco minutos se você já ligou.

— Qual o motivo de tanta urgência? — perguntei. — Ela sabe que estou seguindo "Pentelho" Nagra.

— Ela tem uma novidade. — Nesse momento Rita imitou o tom empostado da voz de Dora. — "A hora que ele ligar, mande que abandone o que estiver fazendo e venha para o escritório imediatamente."

— Que novidade é essa?

— Vem logo, aconteceu uma coisa.

— O quê, porra?

— Se te conto, estou despedida; parece que não conhece a fera!

— E o Pompílio?

Como resposta, ela apontou o bocal do telefone em direção à porta da sala de Dora. Paganini me convenceu de que o assunto era sério.

Desliguei e caminhei rapidamente até o edifício Itália.

Subi ao décimo quarto andar, Rita me cumprimentou com um sorriso sem palavras, e, ao entrar na sala, vi Dora em pé junto à janela. Sua fisionomia traía satisfação.

Diminuiu o volume do toca-discos e, como se repetisse um ritual, disse: "Sente-se".

Depois, serviu-me uísque (seu cálice já estava pela metade de vinho do Porto), acendeu uma cigarrilha, voltou à janela e, ainda em pé, iniciou o relato:

— Bellini, eu me considero uma pessoa de sorte. Hoje cedo, quando cheguei para o trabalho, por volta de nove horas, logo ao entrar, reparei sentada no sofá da antessala uma mulher de não mais que quarenta anos, bonita, altiva e elegantemente vestida com um tailleur cor de café. Seu rosto me era familiar e tinha a expressão abatida, como se não dormisse há muitas noites. Acompanhava-a um rapaz alto, de uns vinte anos talvez. Como não havia nenhuma entrevista agendada para aquele horário, entrei em minha sala, chamei Rita e perguntei-lhe: "Quem são esses?". "Sofia Rafidjian e seu filho, Samuel Neto. Ela se desculpou por vir até aqui sem avisar, mas diz que precisa falar-lhe com urgência."

Dora olhou-me com um sorriso triunfante estampado no rosto. Deu uma tragada, prosseguiu:

— Eles entraram timidamente e sentaram-se com cerimônia. O rapaz era alto como o pai e permaneceu calado por toda a entrevista. Ficou ao lado da mãe, segurando uma de suas mãos, que às vezes apertava, quando ela se excedia emocionalmente. Sofia, por sua vez, apesar de um recato natural, mostrou-se eloquente e bem articulada, derrapando em alguns momentos em dor e desespero sinceros.

"Muito bem, Dora, vamos logo ao assunto", pensei, e ela pareceu ter entendido, pois disse:

— Sofia desculpou-se pela intromissão no meu escritório naquele horário, "logo numa segunda-feira", e disse: "Depois de um fim de semana em que não preguei o olho, decidi contratá-la, Dora, por razões que estão me afligindo. A principal delas é que não confio na polícia e acho que vão acabar desconfiando de mim como suspeita".

"O que a faz pensar assim, Sofia? Posso chamá-la de Sofia, não?"

"Claro, Dora, me chame como você quiser. Eu acho que a polícia vai desconfiar de mim porque eles estão dizendo que o Samuel tinha amantes e convivia com prostitutas, logo, vão acabar pensando que eu o matei por ciúmes, ou qualquer coisa assim..."

"Mas você é ciumenta, Sofia?"

"Não, não é esse o problema. O problema é que nunca desconfiei que meu marido pudesse me trair e essa história toda soa para mim como um pesadelo do qual não consigo acordar. Apesar do que dizem os jornais, simplesmente não posso acreditar que Samuel estivesse envolvido com prostitutas ou que se relacionasse com a Máfia, como chegaram a sugerir algumas reportagens. Quero contratá-la, Dora, para saber quem matou meu marido, e por quê. Portanto, enquanto satisfaço essa triste curiosidade, protejo-me também das suspeitas infundadas da polícia."

— Assim ela apresentou suas razões, Bellini, e, apesar da confiança que tenho na capacidade de Bóris em resolver o crime, não pude deixar de as aceitar como procedentes e oportunas.

Dora tentava aparentar sobriedade, mas não conseguia disfarçar o júbilo quase infantil por ter a chance de meter as mãos novamente no caso.

2.

O Lobo apresentou seu plano:

— Em primeiro lugar, quero que você abandone Pompílio Nagra.

Uma alegria intensa me inundou. Pensei: "Eu não preciso de psicanálise porra nenhuma". Dora prosseguiu:

— Estamos em contato com um estagiário para que comece o trabalho em seu lugar ainda hoje. Tudo que você tem a fazer é passar pra ele seus relatórios.

— Um estagiário? Por que não Beatriz? — sugeri.

— Já a consultei — afirmou. — Mas ela disse estar desiludida com a carreira de detetive e que, mesmo com todo o respeito que tem por nós, não vai poder aceitar o convite.

— Ela é uma garota de muita personalidade — concluí, como um pierrô apaixonado.

Dora fingiu não ter escutado a observação e expôs sua estratégia:

— A ideia é muito simples: vamos trabalhar em duas frentes de investigação. Eu interrogo daqui de minha sala, por telefo-

ne ou pessoalmente, todos os familiares e amigos mais próximos de Rafidjian. Quero traçar um perfil mais detalhado de sua personalidade. — Ela agora estava sentada à mesa desenhando esquemas geométricos em uma folha de papel. — Você vai para a rua atrás de conexões obscuras da vida de Rafidjian. Comece por se inteirar das investigações da polícia. Bóris ficará contente em saber que estamos de volta. Ele e eu já resolvemos belos casos. Casos difíceis, intrincados, magníficos...
— O que é um caso magnífico? — perguntei.
— Um caso que não se consegue resolver nem pela lógica, nem pela ciência. Um caso que se resolve quase ao acaso.
— Como esse, por exemplo?
— Eu sei lá! — ela disse. — Nós ainda não tivemos tempo de aplicar nem a lógica, nem a ciência, faltam dados. Por sinal, o que você está esperando? Mãos à obra, Bellini.

Tanta excitação me deixara perplexo.

Era preciso me concentrar novamente em Samuel Rafidjian Júnior.

Peguei um táxi e no Luar de Agosto almocei um suculento filé malpassado com salada de tomates, acompanhado de quatro copos de chope.

Antônio perguntou:
— Como vai a vida?
— Indo.
— Cadê a garota que você trouxe o outro dia?
— Quem?
— A dos peitos.
— Você só pensa nisso, seu sacana? — perguntei.
— Não. Penso em bundas, também.

Depois do café expresso caminhei até o Baronesa de Arary e em casa ouvi velhos blues de Charles Patton. Eu me organizava mentalmente. Teria que reencontrar algumas pessoas e Fátima me veio à cabeça. Por que peitos e bundas eram tão obsessivamente fascinantes? Pensei em Camila e Dinéia. Um torpor digestivo me empurrava para o sono, mas lutei contra ele. Telefonei para Bóris, combinando um encontro ao final da tarde.

Depois, dormi e não me lembro de ter sonhado.

3.
— José Maria Arcoverde, esse é o nome.

Eu estava dormindo, o telefone tocou, atendi e a voz feminina do outro lado da linha insistia naquele nome desconhecido.

— Não tem ninguém com esse nome, número errado.
— José Maria... não desliga não, Remo, sou eu.
— Beatriz?
— Ã-hã.
— Quem é José Maria Arcoverde? — perguntei, agora acordado. — O homem que te magoou?
— Esquece isso, eu estava bêbada aquela noite. Não acredite em tudo que uma mulher te fala.
— Quando estão bêbadas eu acredito — afirmei. — Quem é José Maria Arcoverde?
— Seu futuro psicanalista. Já falei com ele. Só está esperando você ligar. Anota aí o telefone e o endereço do consultório.
— Espera aí, Beatriz, eu estava dormindo.
— Dormindo? Sete horas da noite?
— Sete horas? Caralho, eu tenho que encontrar o Bóris!
— Viu? Se eu não te ligo, você perde o encontro.
— Será que a gente pode falar desse psicanalista numa outra hora? — Levantei-me da cama com o fone preso entre o ombro e a orelha.
— Faz o seguinte — ela disse —, vamos jantar amanhã. Mas dessa vez eu escolho o restaurante, tá bom?
— Combinado.
— Você gosta de comida japonesa?
— Com você eu gosto de qualquer comida.

Foi um galanteio barato, eu sei. Desde criança tenho esse problema. Desligamos.

***

Liguei para o Bóris, disse que estava atrasado. Como seu plantão estivesse no fim, pediu-me que o encontrasse em meia hora no Bisteca d'Ouro.

Tomei banho, juntei alguns relatórios e peguei um táxi na avenida Paulista.

4.

Encontrei Bóris às sete e meia da noite, sentado à mesa frequentada habitualmente por Iório. Ele estava sozinho. Falei:

— Desculpe o atraso, eu estava finalizando alguns relatórios e perdi a hora.

— Não tem problema, continuo sem pistas.

— E o menino cego? — perguntei, enquanto me sentava.

— O menino cego tem vinte e seis anos, é casado e mora nos Estados Unidos. Em Miami, pra ser exato. O nome dele é Pedro Paulo Xavier.

— E o pai?

— Morreu há cinco anos num desastre aéreo. A mãe vive com Pedro Paulo e outros dois filhos em Miami. — Bóris sorriu pela primeira vez desde que eu o conhecera. — É um excelente álibi, não acha?

Concordei com um movimento de cabeça.

— Fora isso, em que pé estão as investigações?

— Estaca zero. — Ele bebeu um gole de guaraná. — Você quer uma cerveja?

Aquiesci, ele ordenou uma cerveja ao garçom. Depois, prosseguiu:

— A situação é a seguinte: Camila Garcia e Dinéia Duarte Isidoro nunca ouviram falar de nenhum dr. Rafidjian nem de ninguém que corresponda à sua descrição. Por sinal, Camila e Dinéia são duas figuras. Camila é drogada, parece estar sempre no mundo da lua. A outra é um pouco mais safada, mas às vezes se parece com uma menina ingênua do interior. Algumas prostitutas têm personalidades muito interessantes, Bellini.

Prosseguiu após uma pequena pausa:

— Agora, não foram apenas elas que nunca ouviram falar do médico. Ninguém que trabalhe em casas noturnas num raio de um quilômetro a partir da Dervixe o conhecia. Por outro lado, o homem era cotado em alta estima por todos que conviveram com ele, desde amigos do tempo da faculdade de medicina até conhecidos recentes e circunstanciais. Segundo Ivan Boudeni, o famoso cirurgião, Rafidjian foi seu melhor aluno: "Samuel unia um dom natural a uma disciplina espartana", declarou. Um homem sem mácula, querido e admirado por todos, essa é sua reputação. A pista da vingança está descartada. Pedro Paulo, o menino cego, como eu disse, vive com a mãe viúva e os irmãos há muitos anos em Miami. Nenhum deles esteve recentemente no Brasil, tive o cuidado de checar com a Polícia Federal. Fora isso... fora isso o que mais? Não consta que o Rafidjian tenha cometido algum erro médico. Era um sujeito calmo e fechado. Não jogava e não bebia nem mesmo socialmente. Não era homem de muitas ambições e gastava menos dinheiro do que ganhava. Bom filho, bom amigo, bom marido, bom pai, bom médico... — Bóris tornava-se evasivo.

— E a autópsia? — perguntei.

— A autópsia forneceu alguns dados interessantes. Primeiro ponto: Rafidjian morreu por concussão cerebral seguida de anemia profunda ocasionada por perda de sangue através da cavidade ocular. A perícia acredita que o assassino tenha batido a cabeça de Rafidjian repetidas vezes contra a quina de sua própria mesa de trabalho. A parte mais atingida foi a base do crânio, duramente golpeada. Depois disso, já desacordado mas talvez ainda vivo, Rafidjian foi empurrado para o centro da sala e só então teve seu rosto dilacerado e os olhos perfurados pelos golpes do guarda-chuva. Adveio daí a grande perda de sangue que ocasionou a anemia. Segundo ponto: pelos estudos das posições dos móveis e do cadáver, a perícia acredita que não tenha havido resistência nem luta por parte da vítima, o que soa bem estranho. Por último: o assassino, ou assassina, porque eles concluíram também que o indivíduo agiu sozinho, é alguém relativamente forte mas não necessariamente muito forte, pois, apesar dos golpes terem demandado boa carga de energia física, o transporte do corpo, que foi arrastado até o centro da sala, não exigiu aparentemente muito esforço do algoz, já que, como eu disse, não houve resistência da vítima.

— Então é possível traçar um perfil aproximado da estrutura física do assassino? — perguntei.

— Sim — ele disse, irônico —, qualquer homem de estatura mediana ou qualquer mulher de compleição razoavelmente forte...

— O que eliminaria alguns possíveis suspeitos... — rebati.

— Que suspeitos? Eu não tenho suspeitos. — A ironia dera vez à irritação.

— A secretária de Rafidjian, d. Gláucia, por exemplo — argumentei.

— Por que você insiste com essa d. Gláucia? Esquece isso, Bellini.

Bóris acendeu um cigarro e permaneceu em silêncio, pensativo. Consultei meus relatórios, passando os olhos rapidamente sobre as folhas datilografadas, num desejo secreto de descobrir alguma coisa que tivesse escapado aos nossos exames anteriores. Nada encontrei. Perguntei a Bóris o que ele pretendia fazer então.

— Continuar procurando. Este é um trabalho de paciência, é preciso ter calma. Em algum momento encontraremos um fato ou uma pessoa que nos leve ao assassino. É uma questão de tempo.

Pedi mais uma cerveja. Ele soprou a fumaça para o alto e disse:

— Fico feliz que estejam novamente no caso. Dora tem uma intuição magnífica e às vezes me pergunto por que não há mulheres como ela trabalhando na polícia.

— Salários muito baixos, talvez?
— O que ela pensa do crime? — perguntou, ríspido.
— Ela não se arrisca a dar palpites sem fundamentos — respondi. — Mas não acredita que Rafidjian fosse simplesmente um voyeur apaixonado por uma piranha da Dervixe.
— É claro — concordou.
— Por que é claro? — perguntei.
— Porque ele foi assassinado.

5.

Depois, dizendo-se cansado, Bóris despediu-se. Acompanhei-o com os olhos enquanto cruzava a porta, quando, vindo na direção contrária, Stone com seu andar manco passou por ele e entrou no bar. A visão de Stone me proporcionou um insight (é provável que Stone, ele próprio, usasse essa palavra) e nesse momento corri ao encalço de Bóris. Encontrei-o na calçada da rua da Consolação chegando ao ponto de ônibus. Havia muitos pedestres apressados e o barulho dos carros era ensurdecedor. Puxei-o pelo braço:
— Eu me lembrei de uma coisa.
— O quê? — ele perguntou enquanto se virava.
— Numa de nossas conversas, Dora alertou-me para um sujeito citado por Stone em seu depoimento. Um estrangeiro chamado Miguel, parceiro de Camila em shows de sexo explícito. Mais tarde, Fátima confirmou tratar-se de um garoto de programa.
Reparei nos olhos pequenos de Bóris sob as lentes grossas dos óculos.
— Sim? — Ele parecia esperar por mais alguma coisa.
— Só isso. Achei que pudesse ser uma pista, já que não temos nenhuma.
— É possível — afirmou, retirando um bloquinho do bolso interno do paletó, onde anotou o nome "Miguel". — Quem falou sobre esse Miguel?

— Stone. Ele está lá dentro, agora. — Apontei o dedo em direção ao Bisteca d'Ouro.

Ele anotou "Stone" e disse:

— Correto. Amanhã eu falo com o Iório.

— Por que não conversar agora com o Stone? Ele acabou de entrar — argumentei.

— Eu prefiro conversar com o Iório antes de conversar com o Stone. Boa noite, Bellini.

Virou-se e caminhou para o ponto de ônibus.

Decidi não perder a oportunidade. Voltando à mesa, procurei Stone com os olhos. Ele estava sentado junto ao balcão, como da primeira vez em que o vi. Aproximei-me:

— Posso te pagar uma cerveja? — propus, em tom cordial.

— No.

— Espera aí, eu só quero fazer uma pergunta.

— Eu não te devo nada e só falo quando devo alguma coisa, o.k.?

Ficamos em silêncio. Ele disse:

— Cai fora! Get off!

Voltei à mesa e compreendi por que Bóris preferiu consultar Iório antes de interrogar Stone.

Dezoito anos na polícia contam para alguma coisa, afinal.

6.

Liguei para Dora à meia-noite. Relatei-lhe a conversa com Bóris. Ela ordenou:

— Vá atrás desse Miguel agora mesmo.

— Agora? Onde?

— Sei lá, procure a Fátima, vire-se.

Dora sabia como ser inconveniente às vezes. Eu não poderia argumentar que não queria encontrar-me com Fátima porque havíamos trepado, e logo depois de gozar tive um desejo cruel de mandá-la embora imediatamente, como se me envergonhasse dela, e, portanto, por essa simples razão, encontrar-me agora com ela me deixaria completamente constrangido.

Tudo bem, minha relação com Dora calcava-se em sinceridade total, mas havia certas coisas que eu realmente não poderia lhe dizer. Ela nunca me perdoaria ter cheirado cocaína com Duílio nem ter me relacionado sexualmente com Fátima. Se havia uma coisa que a irritava profundamente eram intimidades desnecessárias com pessoas que estivessem ajudando numa investigação.

Então, como não desejasse escutar as vozes de meu pai e de minha ex-mulher, ainda mais num momento em que já tinha um psicanalista (que, como se não bastasse, tinha um nome ambíguo e emblemático: José Maria), assenti:

— Tudo bem, Dora, estou saindo na captura. Ligo amanhã.

Tinha horas em que me sentia realmente um babaca.

7.

Voltei à Dervixe.

No luminoso, à entrada, a letra V estava apagada e o que se lia era Der ixe. Não me lembrei se esse defeito já existia quando lá estive pela primeira vez. Um leão de chácara sorria para mim e prostitutas rodeavam a porta. Entrei. Lá dentro tudo parecia igual, mas não vi Caled (com quem, repentinamente, fiquei ansioso por encontrar-me) nem Fátima. Caminhei até o balcão, cumprimentei o barman de olhar opaco e pedi uma cerveja. Perguntei:

— O Caled está por aí?

— Está numa reunião no escritório.

— Escritório?

— É. O escritório é nos fundos. Já, já ele chega.

Três cervejas depois sentou-se ao meu lado, exalando seu carisma de bandido (e o cheiro do charuto baiano), Caled Tureg.

— Detetive! Não me diga que ainda está procurando a dançarina?

— Não — respondi —, descobri que dançarinas são uma ilusão.

— Muito bem, ah, ah... Caled fica feliz.

— Eu estou agora procurando um homem.

— Um homem?
— É. Um gringo chamado Miguel, você conhece?
— Claro, esse sim. Mas não aparece há um bom tempo.
— Qual a razão do sumiço?
Ele soprou a fumaça do charuto:
— Não sei.
— E como ele é? — insisti.
— É quieto e mal-encarado. Está sempre sozinho.
— Aspecto físico?
— Musculoso. E tem cara de índio. Ele não gosta, mas o pessoal aqui o chama de Índio. Não na frente dele, lógico.
— E você sabe onde ele mora, se tem amigos, essas coisas?
— Ah! Perguntas de detetive, hein? Ah, ah... não sei não... não sei nada. Só sei que ele é um camarada bem misterioso.
— Caled, você acha que homens são também uma ilusão?
— Homens? Homens não, detetive. Se fossem, nós seríamos todos viados.
— Por quê?
— Porque o bom da vida são as ilusões, ah, ah, ah, ah, ah, hein?

Depois da Dervixe, onde eu sempre aprendia alguma coisa inútil com Caled, caminhei até o Hotel Mênfis, na rua Frei Caneca, e lá também não encontrei Fátima. Perguntei ao recepcionista da espelunca se ela apareceria. Ele disse:
— Talvez sim, talvez não.
Aquilo me irritou e resolvi voltar para casa. Antes, deixei um recado pedindo que ela me ligasse urgentemente.

Na cama, ouvindo Howling Wolf, pensei em sushis e sashimis.
Associei mentalmente lábios vaginais e sashimi de atum. Conjecturei se os lábios vaginais de Beatriz teriam a textura de

sashimi de atum. Seria interessante tirar essa dúvida no jantar do dia seguinte.

Adormeci com esse tipo de pensamento, mas quando sonhei, não sonhei com comida japonesa nem com órgãos genitais femininos. Sonhei que estava na avenida Paulista, à noite, atrás de uma menina nua, de mais ou menos uns doze anos. Eu só a via de costas, a uma distância de alguns metros. Na altura do parque Trianon, me aproximei bastante e reparei em sua pele branca, pálida, quase como a de uma morta. Toquei em seu ombro e, quando virou o rosto para trás, acordei de susto. Seus globos oculares eram brancos, sem as pupilas. Ela sorriu e disse:

— Eu sou cega.

29 de maio,
terça-feira de manhã

1.
O telefone tocou; era Fátima.
— Bê, você me procurou ontem?
— Bê? Como assim, Bê?
— É um apelido carinhoso. Bellini é muito formal, parece nome de advogado. Bê tem mais a ver com você.
— Sei. Estou precisando da sua ajuda, Fátima.
— Eu tenho uma novidade — ela anunciou, me cortando. — Uma amiga, Lucila, me contou que conheceu o Rafidjian. Só que a polícia não sabe disso. Lucila odeia polícia.
— Somos dois. De que maneira ela conhecia o Rafidjian?
— Não é que conhecia; ela viu o Rafidjian uma vez. Foi uma noite quando estava chegando pro trabalho na Dervixe, reparou num homem alto e magro parado ao lado da porta. Quando Lucila ia entrar, o homem perguntou: "Você sabe quem é Ana Cíntia Lopes?". Ela disse: "Não" e reparou que o homem estava muito nervoso e pouco à vontade. Ele perguntou: "Não sabe mesmo? É uma que se casou há pouco tempo". Lucila falou: "Casou? Quem casou?". O cara ficou ainda mais sem graça. Estava tão desconcertado que deu uma grana pra ela e fugiu assustado. Depois, só quando a foto dele saiu nos jornais, é que Lucila ligou os fatos. Aquele cara alto e magro era o Rafidjian.

— E essa Lucila topa falar comigo? — perguntei.
— Não. De jeito nenhum, Bê.

Por que eu tinha que suportar aquilo, meu Deus? Uma mulher me chamando de Bê.

— Mas eu não sou da polícia, Fátima.
— Pra ela é tudo a mesma coisa. Polícia, detetive, advogado, delegado, juiz, carcereiro.
— Qual a razão de tanto descrédito?
— Lucila já foi presa uma porrada de vezes e aprendeu que esses caras são todos iguais. Eles cagam pra quem tá lá, fodido, mofando na cela.
— Mas você explicou à sua amiga que se trata de homicídio e que negar informações à Justiça é crime?
— Ninguém precisa explicar pra ela, Bellini; Lucila já sabe disso. Ela me contou esse segredo porque confia em mim, e eu te contei porque também confio em você. Se a sua intenção é entregar minha amiga pra polícia, é melhor não olhar pra minha cara nunca mais.
— Eu não vou entregar ninguém. Só quero ter certeza de que essa informação é verdadeira.
— Claro que é. A Lucila é minha amiga, minha irmã. Não ia inventar essa história.
— Tudo bem. Obrigado por me avisar, acho que agora te devo mais uma.

"O que é isso, Bellini?", perguntei a mim mesmo, "o que você está insinuando?"

— O que mais você queria saber? — ela perguntou, me chamando a atenção de volta ao telefonema.
— Eu queria mais informações sobre aquele gringo, o Miguel.
— Eu não sei quase nada. Sei que ele se chama Miguel e que ninguém vai muito com a cara dele, apesar de ser um cara bonito.
— Você sabia que o apelido dele é Índio?
— Não, mas ele tem mesmo cara de índio.
— Me faz um favor, Fátima, tente descobrir tudo o que você puder sobre ele, é muito importante.

— Eu vou tentar. Olha, e a sua mãe?
— Minha mãe? O que tem a minha mãe?
— Aquele dia que a gente... fodeu, você disse pra eu ir embora porque sua mãe ia aparecer no dia seguinte.
— Claro, me lembro.
— Então. Eu quero saber como vai a sua mãe.
— A d. Lívia? Está ótima. — "Acho que está ótima" seria mais correto, já que eu não falava com minha mãe havia alguns meses.
— Lívia. Legal esse nome. — Ela se tornou repentinamente lânguida: — Bê, eu queria te encontrar de novo.

Eu disse:
— Vamos sim, vamos sair qualquer dia desses, o problema é que atualmente estou cheio de trabalho.

Subitamente, uma inspiração maquiavélica:
— Faz o seguinte, Fátima, descobre alguma coisa sobre o Miguel, me liga e eu dou um jeito da gente se encontrar.

Despedimo-nos, desliguei o telefone e escutei minha própria voz: "Canalha! Você está se acostumando a esse jogo de interesses".

Depois, a voz de meu pai: "A integridade de um homem é medida por sua capacidade de não se corromper".

"Pobre Túlio Bellini", pensei, por fim, e perguntei a mim mesmo: "Onde foi que ele errou?".

2.
Tomei um banho frio, fiz a barba. O telefone novamente. Beatriz.
— Remo, te acordei?
— Não. Acabei de tomar banho.
— Já reservei nossa mesa num restaurante japonês — afirmou.
Pensei em sashimi de atum.
— E o Zé Maria? — perguntou.
Dora tinha uma teoria de que as mulheres eram mentalmente mais ágeis que os homens, e ela devia estar certa, pois

eu não me lembrava de conhecer nenhum Zé Maria, a não ser um antigo lateral do Corinthians, mas com certeza não era a esse Zé Maria que Beatriz se referia.

— Que Zé Maria? — perguntei.

— O psicanalista, José Maria Arcoverde. O apelido dele é Zé Maria.

— Ah, o que tem o Zé Maria?

— Nada. Só queria saber se você já o procurou — respondeu.

— Ainda não. Você não me deu o telefone nem o endereço.

— Então anota! — afirmou, ou melhor, ordenou.

— Beatriz, você acha mesmo que eu preciso de um psicanalista?

— Claro. Psicanálise é uma coisa maravilhosa, devia ser obrigatório. Conheço um monte de psicanalistas, faço psicanálise desde criança.

Tive pena dela. Uma ideia me ocorreu:

— Aquele homem que te... machucou... por acaso era um psicanalista?

— Por que você está tão preocupado com isso? Resolva os seus problemas antes de se preocupar com os meus.

— Desculpe, achei que você podia ter sido vítima de um psicanalista doentio, só isso. Além do mais, resolvendo os seus problemas talvez eu resolva alguns dos meus também.

— Não tem nada a ver. Já disse que você não pode me ajudar. Ninguém pode. E eu não quero ajuda! Quem te disse que eu quero ajuda? Eu só queria te indicar um psicanalista.

— Calma, Beatriz. Eu fico muito feliz por você se preocupar comigo. E fiquei lisonjeado quando me sugeriu procurar um psicanalista chamado José Maria Arcoverde.

Arrisquei uma pequena pausa, reflexiva e levemente dramática. Continuei:

— José Maria. Esse nome me dá a impressão de um sujeito equilibrado, bem resolvido. Arcoverde também é um sobrenome poético e sugere várias interpretações. Pense na rua Cardeal Arcoverde, por exemplo. Quem foi o cardeal Arcoverde?

Será que ele tem algum parentesco com o José Maria? Eu penso muito nesse tipo de coisa. O problema é que agora estou sem tempo nenhum, um homicídio ocupa muito espaço na vida de um detetive. Não tenho hora pra nada, nem pra comer nem pra dormir. A qualquer hora pode aparecer uma pista, e tenho que estar disponível, você sabe, pistas não avisam quando vão aparecer.

— Bela frase, Remo. Totalmente Dora Lobo.

Ignorei a observação, e o que ela trazia de sarcasmo.

— Eu não posso começar uma análise antes desse caso se resolver — prossegui —, daqui a um tempo, quando pegar um caso banal de adultério ou tiver que seguir um babaca qualquer tipo Pompílio Nagra, vai ser mais fácil fazer análise. E inglês também. Eu quero muito fazer um curso de inglês. Você se importa de me dar o endereço do Zé Maria depois de terminar o caso Rafidjian?

— Não, tudo bem. Eu gosto do seu jeito assim mesmo, meio neurótico.

— Como assim, meio neurótico?

— Você sabe, Remo, esse negócio de dizer que odeia o seu nome, isso é meio neurótico.

— À noite a gente conversa — eu disse. — A que horas te pego?

— Nove tá bom?

— Combinado.

Anotei um lembrete e preguei-o com uma tachinha no lado de dentro da porta: "Lembrar de pedir o carro emprestado a Dora. Apanhar Beatriz às nove horas. Sashimi de atum".

Grifei "sashimi de atum".

3.

Depois, pela terceira vez naquela manhã, o telefone:

— Bellini?

— Dora?

— Esteja aqui no escritório pontualmente à uma hora.

Olhei para o relógio, 12h15.

— O que houve? — perguntei.
— Stone, o informante de Iório, tem uma revelação a fazer. Ele me ligou de manhã e disse: "Detetive Lobo?".
"É ela."
"Você é mulher? How funny. Pensei que detetive Lobo fosse um homem."
— Ele é irritante — eu disse. — Tem essa mania desagradável de falar palavras em inglês no meio das frases.
— Mas eu até que achei o sujeito engraçado — afirmou. — Ele queria me vender uma informação que, segundo disse, irá causar uma reviravolta no caso. Logo pela manhã havia sido intimado por Bóris a depor na Homicídios sobre o assassinato de Rafidjian. Só que não poderia comparecer à delegacia, sob o risco de ter sua identidade de informante descoberta por marginais e policiais ligados a bandidos. Então Bóris sugeriu que se encontrassem no Bisteca d'Ouro. Stone me propôs o seguinte:
"Você me paga uma grana, detetive Lobo, e pode comparecer também ao meu depoimento no Bisteca. É claro que o Bóris não pode saber desse trato e, se souber, eu nego tudo, do you understand?"
"Qual o seu interesse em que eu esteja lá?"
"Minha informação é muito valiosa, mas a polícia não vai poder pagar por ela. Como eu sei que você também está interessada, só abro o bico com money in my pocket, o.k.?"
— Rato. E o que você falou?
— Em primeiro lugar eu negociei um preço razoável com ele, que obviamente queria ser pago em dólares, e assim o seria, eu disse, contanto que respeitasse as condições que eu impusesse para a realização do negócio.
— Que condições?
— Bom, eu estou curiosa pra saber do que se trata e faço questão de estar presente ao depoimento. Disse a Stone que arranjasse uma maneira de transferir esse encontro para o meu escritório, já que não tenho idade nem paciência pra me deslocar até o Bisteca. Aliás, Bellini, não tenho mais saco de me des-

locar pra lugar nenhum, excetuando-se uma Paris e uma Buenos Aires de vez em quando.
— Não a culpo por isso — afirmei.
Ela continuou:
— Além do mais, estou pagando pela informação, o que me dá o direito de escolher o local do depoimento. Stone pediu-me dez minutos para acertar as coisas por telefone, depois ligou de volta e confirmou o encontro para a uma hora, aqui no escritório, com a presença de Bóris e Iório. É claro que Stone vai chegar uma meia hora antes, para embolsar seus dólares, mas isso é extraoficial.
— Quanto ele vai levar, o filho da puta? — perguntei.
— Não mais do que Sofia Rafidjian está me pagando por um dia de trabalho.
— E o Bóris não vai saber desse trato?
— Nem uma palavra — ela respondeu.
— E ele não vai achar suspeito o fato de Stone querer depor no seu escritório? — insisti.
— Não. Stone alegou que o Bisteca estaria ocupado à tarde por policiais ligados a uma quadrilha de ladrões de carros, e isso o impediria de prestar seu depoimento lá, já que não queria correr o risco de ser reconhecido em sua condição de informante. Stone nem precisou propor o nosso escritório, o próprio Bóris o fez.
— O crime perfeito.
— Nem tanto. O que me convenceu a negociar com esse crápula foi um pressentimento de que a informação que ele tem é extremamente hot, como ele mesmo diria.
— Eu também tenho algumas informações very hot pra você, que tal discutirmos o preço?
— Você é pago mensalmente pra isso, filhote. Do que se trata?
Relatei-lhe minhas descobertas sobre o gringo Miguel, o Índio, e sobre Lucila, a amiga de Fátima que tinha visto Rafidjian.
— Precisamos interrogar essa Lucila — afirmou.
— Sem condições — respondi —, ela se nega terminantemen-

te a fazer declarações à polícia ou a quem quer que seja. Mas, segundo Fátima, a informação é verdadeira. Dora ficou em silêncio. Depois disse:

— Isso põe por água abaixo a teoria de que Rafidjian teria inventado toda a história. Ele estava procurando realmente por Ana Cíntia Lopes... seja lá quem for Ana Cíntia Lopes. Desligamos.

Fiz rapidamente meu desjejum no Luar de Agosto. Antônio:
— Como vão as coisas?
— Um pouco complicadas, mas bastante estimulantes. E os pebês? — perguntei.
— Pebês?
— Pebês, pebezinhos, pebezões. Peitos e bundas — expliquei.
Ele sorriu com cumplicidade machista:
— Menos complicados, mais estimulantes.
Homens, juntos, podem tornar-se extremamente desagradáveis.
Às 12h50 peguei um táxi e fui para o edifício Itália.

4.
Dora estava sentada a sua mesa. Na frente dela, sentado na poltrona que eu costumava ocupar, Stone. Na lateral da mesa, postado à máquina de escrever (ali colocada de improviso), um escrivão da polícia. Atrás dele, em pé, fumando seu Minister, Bóris. Encostados na janela, por trás de Dora, Iório e eu.

Stone, excitado com a plateia e com os dólares, iniciou com loquacidade seu depoimento:

— Olha, quando vocês me perguntavam quem era Ana Cíntia, d. Rafidjian, e sei lá quem mais, confesso que eu não fazia a menor ideia de who the fuck you were talkin' about.

— Stone! — gritou Iório, enfurecido. — Se você pronunciar

mais uma palavra em inglês eu te arrebento os cornos, traficantezinho de merda.
— Tá bom, não precisa gritar — respondeu Stone, assustado.
— O que precisa ficar very, quero dizer, bem claro, é que eu não costumo ler jornal nem ver TV, por isso nunca me liguei no visual desse doutor aí.
— Vá direto ao ponto, Stone — disse Iório, agora mais calmo, tranquilizado por Bóris, que lhe dava tapinhas no ombro.
Stone tocou com os dedos a argola prateada que ostentava na orelha esquerda. Falou:
— Hoje de manhã o delegado Bóris me ligou e disse que queria ouvir meu depoimento sobre o caso Rafidjian. Então, depois de desligar, perguntei prum chegado meu:
"Que porra é essa de caso Rafidjian?"
"Ele respondeu: 'É um médico que foi assassinado com pancadas de guarda-chuva'."
"'Guarda-chuva?', perguntei; e demos risada."
"Depois ele me mostrou o jornal que estava lendo: 'Olha o otário aqui, ó'."
Nesse momento Stone fez uma pausa estudada, dramática. Olhou nos meus olhos, não sei por quê, e prosseguiu:
— Quando vi a foto no jornal, gritei: "Porra, eu conheço esse cara!". — Stone arregalou os olhos e ficou quieto, agora olhando alternadamente para todos nós.
— Fala! — urrou Iório.
— Well — completou Stone —, esse dr. Rafidjian era um viado que eu conhecia ali do Dante Alighieri.
As imediações do colégio Dante Alighieri, no bairro dos Jardins, transformam-se à noite num ponto de prostituição masculina. E eu conhecia isso muito bem, diga-se de passagem, já que o colégio Dante Alighieri fica a duas quadras do Baronesa de Arary.
— O Rafidjian era viado? — perguntou Iório, boquiaberto.
— Era — afirmou Stone.

— E isso é tudo? Essa é a sua revelação? — vociferou Dora, como de hábito, tentando valorizar seu dinheiro.

— Take it easy — rebateu Stone, e Iório precipitou-se sobre ele, mas Bóris impediu-o a tempo. — Tem mais.

— O que mais? — indagou Bóris, segurando Iório pelos ombros.

— Eu me lembrei — continuou Stone — que esse doutor era um cara alto e magro que passava sempre por ali, dentro de um Monza azul-metálico. Vocês sabem que o esquema no Dante é o seguinte: os viados ricos ficam circundando o quarteirão com seus carros e os garotos de programa, pobres, ficam na calçada se oferecendo para as bichas. Esse doutor, que chamava a atenção porque era alto e magro, vivia sempre aos beijos e abraços com um gringo chamado Miguel ou Manuel.

Nesse instante todos nos entreolhamos; Bóris interpelou-o:
— Um momento. Você tem certeza do que está falando?
— Absolutely.

Imediatamente, Bóris telefonou para a Delegacia de Homicídios e ordenou, em tom de urgência, que se procurasse um gringo chamado Miguel (graças a mim ele sabia que o nome correto era Miguel), sob suspeita de assassinato. Determinou também que ficassem de sobreaviso, pois dentro em pouco voltaria à delegacia acompanhado de um sujeito que auxiliaria na realização do retrato falado do suspeito.

— Localizem o perito! — gritou. Após desligar, dirigiu-se a Stone: — Prossiga, por favor.

— That's it, folks.

— That's it, folks, o caralho — afirmou Iório. — Fala tudo.

— Falar o quê? — indagou Stone.

— Por exemplo — contemporizou Bóris —, esse Miguel era um garoto de programa?

— Yes. Mas de vez em quando ele sumia. Não era muito assíduo, assim como eu também não sou. Só quando a grana está muito curta que eu apelo pra isso.

— E você o conhecia? — perguntou Dora.

— Só de vista, nunca falei com o sujeito, até porque ele era fechado e mal-encarado.
— Mas você já o conhecia de shows eróticos, não conhecia? — arrisquei.
— Sim, eu te disse isso uma vez, mas só de vista também, eu nunca bati um papo com a figura.
— E você tem visto o sujeito ultimamente? — foi a vez de Bóris perguntar.
— No. Isso que eu ia dizer, esse gringo anda sumido faz uma cara. Então, hoje de manhã, quando me lembrei da história toda, perguntei pra esse chegado que me mostrou a foto do Rafidjian no jornal: "Por onde anda o gringo?". E ele: "O Índio? Sei lá, parece que se casou e depois sumiu".
— Casou com quem? — antecipou-se Dora, fazendo a pergunta que todos tínhamos em mente.
— I don't know, my dear.
— Filho da puta! — Iório desvencilhou-se de Bóris e lançou-se a espancar Stone. Bóris e eu tentamos segurá-lo, mas ele se debateu, possesso de fúria, enquanto o escrivão empurrava Stone, que mancava, para o outro lado da sala. Dora levantou-se e gritou:
— Cavalheiros! Por favor...
Iório, novamente imobilizado por Bóris, disse:
— Desculpe, Dorinha, é que esse filho da puta podia ter me avisado antes. Agora quem leva a fama sou eu, afinal ele é meu informante.
— Calma, Iório — tranquilizou Bóris. — O Stone vai pra delegacia fazer um retrato falado do gringo e lá nós damos uns conselhos pra ele...

Dentro de algumas horas o gringo Miguel estaria sendo caçado pelos quatro cantos da cidade. E apesar dos dólares que Stone levava no bolso, eu não gostaria de estar na pele nem de um, nem de outro.

5.
Dora acendeu uma Tiparillo e caminhou até a janela. Empurrou uma das esquadrias para que entrasse ar, e com esse gesto pareceu limpar a sala da presença funesta de Stone.

Estávamos sozinhos, ela e eu, assimilando os novos fatos e suas possíveis consequências:

— E essa agora... o Dom Quixote era gay. Inacreditável — disse Dora.

— Você acredita nisso? — perguntei.

— E por que não? — ela sorriu. — Eu paguei por isso!

Serviu-se de uísque. Perguntou-me se gostaria do meu "com ou sem gelo". Hesitei por alguns segundos. Concluí que a situação exigia, como disse em seguida, "sem gelo, curto e grosso".

Depois de um gole generoso (o dela estava com gelo), Dora deu uma daquelas tragadas profundas em sua cigarrilha e disse:

— Se Rafidjian era homossexual, por que queria encontrar uma dançarina?

— Talvez Miguel e Ana Cíntia sejam a mesma pessoa — arrisquei.

— Um travesti? — ela perguntou, surpresa.

Era sempre uma alegria quando Dora demonstrava levar a sério uma de minhas teorias. Eu sentia confirmada minha vocação de detetive.

— Por que não? — respondi. — Se bem que aí não teríamos explicação para a declaração de Lucila, a amiga de Fátima, que afirmou ter ouvido de Rafidjian que Ana Cíntia Lopes havia se casado.

— Travestis também se casam, Bellini. E talvez isso faça sentido se somado a uma outra declaração, a do amigo do Stone.

— O que ele disse? — perguntei.

— Você não escutou? Concentre-se, Bellini. Ele disse que Miguel, o índio, sumiu porque havia se casado.

— Se essa teoria for verdadeira, difícil vai ser descobrir se ele

se casou com um homem ou com uma mulher — afirmei. — O que você conclui disso tudo?
— Nada, enquanto esse gringo não for encontrado. — Ela me olhou com olhos brilhantes. — E o que você faz aí parado que ainda não saiu em busca de Miguel? Por acaso é pago pra ficar bebendo e me fazendo perguntas?
— Uma última pergunta.
— O quê? — ela disse, séria.
— Você pode me emprestar o carro hoje? Tenho um jantar inadiável com Beatriz.

6.

Jantamos no restaurante Hinodê, na Liberdade, numa dessas ruas ornamentadas com lanternas orientais. A garçonete, aparentemente conhecida de Beatriz (que, imaginei, devia frequentar aquele restaurante em companhia de seus amigos universitários), conduziu-nos a uma salinha reservada. Sentamo-nos no chão, a uma mesa baixa, depois de descalçarmos os sapatos, que permaneceram sob um degrau de madeira escura. Beatriz estava vestida com uma saia bege, curta, que cobria apenas as metades superiores das coxas, uma camiseta branca de seda e uma jaqueta marrom. Ela tirou a jaqueta e a largou no chão. Reparei que não usava sutiã.

Como eu não conhecesse muito bem a culinária japonesa, à exceção do saquê e do sashimi de atum, deixei que ela escolhesse o cardápio da noite.

E foi justamente pelo sashimi de atum que iniciamos a refeição.

— Como é que você conhece tão bem a cozinha japonesa? — indaguei.

— Meu pai é fanático. Desde pequena que frequento restaurantes japoneses.

— Você é bem precoce. Desde pequena frequenta consultórios de psicanálise e restaurantes japoneses.

— Caprichos do meu pai. Ele tem uma personalidade muito forte. Aliás, como toda a família.
— Sua mãe eu já conheci, pelo telefone. Falta o pai.
— Você não vai querer conhecê-lo.
— Por que não?
— Digamos que ele não faça muita questão de ser simpático com meus... amigos. Possessividade em excesso também é uma característica da família.
— Você acredita que até hoje eu ainda não sei qual o seu nome de família? Como é o seu sobrenome?
— Mekla — ela respondeu, e mergulhou uma fatia do atum no potinho cheio de molho de soja.
— Beatriz Mekla. Você é descendente de árabes? — inquiri.
Ela assentiu mastigando o peixe de uma maneira escandalosamente sexual:
— Libaneses.
— Ultimamente tenho recebido alguns ensinamentos de um árabe — afirmei, referindo-me a Caled Tureg.
— Somos um povo de muita sabedoria — concordou.
— Sem dúvida. Você conhece o Líbano?
— Muito. Minha avó, mãe do meu pai, vive até hoje em Beirute. Eu costumava passar minhas férias lá, quando pequena, e acho Beirute a cidade mais linda do mundo. Hoje em dia está uma desgraça com toda essa violência e destruição. Há anos que não vamos mais para Beirute. Agora é minha avó que vem nos visitar de vez em quando...

Beatriz pediu como segundo prato sushi especial, "com ovas". Eu ordenei mais saquê e continuei impressionado (eu já estava impressionado desde o jantar no restaurante indiano) com sua capacidade de beber.
— E como se chama sua avó? — perguntei.
— Beatrice.
— Beatrice? Uma libanesa?

— É que meu bisavô, o pai dela, era catedrático de literatura na Universidade do Líbano. Ele era especialista em literatura italiana, e, dentro dessa especialidade, sua maior paixão era a *Divina comédia* de Dante. Esse nome, Beatrice, foi uma forma de homenagear o livro e também a própria filha.

Reparei que Beatriz bebia de uma maneira um tanto quanto compulsiva e, mesmo quando aparentava estar pensando em outras coisas, guardava no olhar um mistério mórbido e perturbador. Talvez eu estivesse fantasiando um pouco, mas ela parecia exalar uma mistura de sexo com desgraça e, por um momento, pensei estar na presença de uma personagem feminina de Edgar Allan Poe.

— Um brinde a Dante! — ela disse, despertando-me de meus devaneios, enquanto levantava o copo quadrado onde os japoneses bebem saquê.

— Um brinde a Beatriz! — eu disse.
— Um brinde a Remo! — ela disse.
— Um brinde a Roma! — eu disse.
— Um brinde a Rômulo! — ela disse.
— Um brinde à loba! — eu disse.
— Um brinde a Dora Lobo! — ela disse.
— Um brinde ao Japão! — eu disse.
— Um brinde ao Líbano! — ela disse.

Depois dos brindes nos beijamos com força. Senti um gosto forte de peixe cru em sua boca, o que me provocou uma ereção instantânea. Enfiei a mão por dentro da sua blusa e manuseei a massa suave e compacta dos seios. Os bicos estavam duros e arrepiados, empinados como bicos de passarinho. Fomos interrompidos por batidinhas na porta. A garçonete japonesa sorriu e disse:

— Onegai-shimassú! — E depositou sobre a mesa um recipiente redondo cheio de sushis coloridos. Ela se deslocou de joelhos pela salinha e despediu-se, com uma reverência.

O saquê me abriu a alma e destravou a língua. Confidenciei a Beatriz que já tinha visto de relance seus seios, quando ela se

abaixou para apanhar a bolsa naquele jantar na pizzaria Camelo. Ela sorriu e a natureza daquele sorriso me incentivou a lhe revelar outras intimidades, no caso, a semelhança que eu encontrava entre o sashimi de atum e os lábios vaginais. Ela disse:
— Você é um puta de um sacana, Remo.

Nesse momento escutamos sussurros vindos da salinha ao lado. Fizemos silêncio. Percebemos que os sussurros eram gemidos de duas pessoas fazendo amor. Eu disse "fazendo amor", mas Beatriz foi mais direta e olhou-me com olhos arregalados, como uma criança, afirmando, entre surpresa e excitada:
— Estão trepando!

Acompanhamos os ruídos que cresceram gradativamente até o orgasmo ("Gozaram juntos", concluiu Beatriz), e então, devidamente alcoolizados e excitados, resolvemos imitar o casal vizinho. Beatriz deitou-se e a saia deixou à mostra sua calcinha branca.

Fiquei de joelhos, ela acariciou seu sexo por baixo da calcinha enquanto eu abaixava minha calça. Ela não se despiu, mas a penetração aconteceu logo (e de maneira particularmente excitante, já que o elástico da calcinha pressionou por todo o tempo a base do meu pau). Beatriz estava úmida e o cheiro de sexo se misturou ao odor de peixe cru e molho de soja que impregnava as pontas dos nossos dedos e lábios. A tensão constante causada pela possibilidade da garçonete chegar a qualquer momento criou um contraponto ao devaneio sexual.

Na hora de gozar gritei: "Eu te amo!" (mais tarde me envergonharia ao me lembrar dessa cena).

7.

Enquanto esperávamos a conta, narrei-lhe a revelação de Stone de que Rafidjian era homossexual, e de que o principal suspeito do crime era agora um estrangeiro de nome Miguel, conhecido por Índio. Falei-lhe sobre minha teoria de que Ana Cíntia e Miguel talvez fossem a mesma pessoa, mas Beatriz não pareceu muito interessada. Mais que isso, notei que minha conversa a enfastiava. Isso me lembrou que a noite ainda prometia muito trabalho, trabalho de detetive, infelizmente. Deixei-a em casa, ao som de Robert Johnson, que sempre parecia cantar a música certa.

Ao me despedir, disse que tinha adorado a história de sua avó libanesa Beatrice e lhe prometi um presente caso adivinhasse para onde eu estava indo naquele momento.

— Não faço a menor ideia — respondeu.
— Colégio Dante Alighieri, procurar por Miguel — afirmei.
— Colégio Dante Alighieri — ela repetiu —, que sincronicidade.
— Sincronicidade? — perguntei.
— Remo, você não diz que Freud foi o maior detetive de todos os tempos? Você precisa conhecer Jung e sua Teoria da Sincronicidade.

Concordei, pensando tratar-se de algo como Sam Spade e Philip Marlowe.

Estilos diferentes, métodos diferentes, detetives diferentes.

8.

Deixei o carro na garagem do prédio de Dora e peguei um táxi para o Baronesa de Arary. Tomei banho (estava melado), troquei de roupa e bebi dois copos de água gelada. Água era a única coisa que eu tinha na geladeira, e isso me deprimiu. Melhor que nada, pensei. Lembrei-me de que logo após minha separação eu não tinha nem sequer uma geladeira. Só o colchão e o gravador. Pior seria sem o gravador.

Caminhei pela Peixoto Gomide até o colégio Dante Alighieri, distante apenas duas quadras de casa. Durante o percurso tive a impressão de estar sendo seguido. Isso já havia ocorrido à tarde, quando passei em casa antes de apanhar Beatriz para o jantar. Foi uma sensação fugaz, que no momento atribuí a uma paranoia qualquer. Cheguei mesmo a cogitar que era hora de iniciar a psicanálise com Zé Maria, mas depois esqueci. Então, indo em direção ao colégio à noite, a sensação voltou. Como à tarde, olhei para trás e não vi ninguém. Era noite, a rua estava vazia, mas aquela impressão não me abandonou. Olhei para o parque Trianon, àquela hora fechado, e tentei perscrutar a folhagem cerrada por trás das grades de proteção, mas a ideia de que alguém me observava dali me pareceu absurda e só reforçou a sensação de que eu precisava mesmo ligar para Zé Maria.

O colégio Dante Alighieri era grande, imponente e tradicional. Foi fundado pela rica comunidade italiana da cidade e era frequentado por descendentes de italianos e também pelos filhos da classe média abastada que vivia na região. Por uma dessas ironias que vivem acontecendo, o lugar se transformava à noite num ponto de prostituição gay.

Pelas quatro calçadas que circundavam os muros da escola, era possível encontrar garotos de classes sociais mais baixas se insinuando com calças apertadas e gestos obscenos para os homossexuais mais ricos, que circulavam com seus carros, avaliando as mercadorias expostas.

Andei por ali, observando o movimento, mas o lugar estava infestado de tiras à paisana, o que dificultava meu trabalho.

Mas era preciso tentar alguma coisa.

Aproximei-me de um garoto atarracado, com espinhas no rosto, vestido com uma calça justa e uma miniblusa rendada. Seu cabelo era cortado de uma maneira estranha, curto dos lados e volumoso em cima. Perguntei-lhe se tinha um cigarro. O garoto me olhou de lado, com desprezo, e falou com uma voz efeminada:

— Qual é, tira? A gente já falou tudo que sabe... vocês não se organizam, não? É o terceiro que mandam falar comigo.

— Eu não sou tira.

— Ah, então é freguês? Ou resolveu fazer um dinheiro e veio aqui roubar meu ponto? Você deve me achar um idiota se pensa que vai me fazer acreditar que é entendido.

Nesse momento um senhor de óculos e bigodes, dirigindo em baixa velocidade, olhou para mim e depois para o garoto atarracado.

— Olha aí — o garoto dirigiu-se a mim —, a bicha gostou de você, tira.

— Escuta aqui, neném, eu não sou entendido nem sou tira. Muito menos freguês. Mas posso te pagar por algumas informações.

— É melhor economizar seu dinheiro. Por aqui a gente não sabe muita coisa sobre esse Miguel.

— O que você souber é lucro — retruquei, e tirei a agenda do bolso.

— Em primeiro lugar — ele se empertigou e assumiu uma postura séria, como se depusesse oficialmente —, eu gostaria de deixar bem claro que odeio esse Miguel. Eu nem sabia que ele se chamava Miguel, a gente aqui o conhecia por Índio. Eu odeio bicha assassina. Elas não são profissionais e atrapalham o trabalho da gente, que é profissional. Volta e meia aparecem esses maníacos que gostam de matar viado e depois quem se fode é a gente, que trabalha honestamente. Esse cara é estranho e só conheço ele de vista. Sei que o nome dele é Índio e que é chileno. Uma vez a gente o chamou de Argentino e o cara ficou puto, queria matar um. Ele disse: "Eu sou chileno!". Faz tempo que não aparece por aqui. Desde antes de matar o médico.

— Você acha que ele matou o médico? — perguntei.

— A gente acha.

— Por que você sempre diz "a gente"?

— Porque eu não sou como esse Índio babaca. Eu tenho amigos e faço parte de um grupo organizado, discriminado pelos donos do poder. Se a gente não se une, eles nos aniquilam. Por isso eu odeio maníacos, porque eles acreditam que não são viados, pensam que são muito machos, que piada. Os machos matam os outros e a gente é que tem que ficar aqui, falando com a polícia a noite inteira, vendo a freguesia sumir... e, ainda por cima, aguentando filhinho de papai gritar "assassino".

Aproveitei o fim de seu discurso para fazer uma pergunta decisiva:

— O Índio é travesti?

— O chileno? De jeito nenhum. Pode até ser viado, mas usar roupas de mulher com aquela pinta de machão troglodita, nem em sonho. Nem a minha avó acreditaria que ele pudesse ser uma mulher.

— Você tem certeza? Eu desconfio que ele também ataca de travesti.

— Nem que ele quisesse. Um dos motivos pelos quais o chileno era bem cotado aqui é porque fazia aquele modelo machão musculoso de pau grande. O tipo do cara que se orgulha do próprio pau. Ele odeia mulher. Por que se faria passar por uma?

Aquela pergunta desferiu um golpe fatal em minha teoria. "Bem-vindo de volta à estaca zero", congratulei-me.

— E o médico? — perguntei. — Você conhecia o médico?

— Eu nunca saí com ele, mas parece que era mesmo habitué do pedaço. Dizem que era muito profissional, gostava de ser enrabado e depois pagava direitinho. Era um bom freguês. Até que conheceu o Índio... daí, se apaixonou e só queria sair com ele. Coitado, se fodeu.

— E por que o Índio matou o médico? Estava sem grana, alguma coisa assim?

— Sei lá! O chileno é louco. Dizem que nem roubou nada depois de matar o cara.

Um carro parou ao nosso lado, mas não eram fregueses. Era a polícia. Policiais típicos, sem a afabilidade de Bóris e Iório, os meus amigos na corporação. Eram jovens, e isso reforçou minha teoria de que tiras são como vinho: quanto mais velho melhor.

Fui aconselhado a voltar para casa, sem abrir o bico pelo caminho.

— Estamos investigando um homicídio! — um deles berrou pela janela do carro.

— Eu também — respondi, e voltei para casa com aquela estranha sensação de estar sendo observado.

Tomei uma dose de Jack Daniel's e adormeci ao som da voz grave de John Lee Hooker.

30 de maio,
quarta-feira de manhã

1.
A Delegacia de Homicídios estava movimentada, com investigadores entrando e saindo freneticamente. Repórteres, com suas irritantes máquinas fotográficas, rondavam a sala de Bóris como enxame de abelhas. Fui admitido na sala, levado por um detetive jovem e antipático, depois de esperar cinco minutos no corredor. Enquanto esperava, ouvi falatório sobre o gringo foragido, chamado de "assassino", e Rafidjian, de "o médico viado". Dentro da sala o ambiente era um pouco melhor, embora Bóris estivesse à beira de um colapso nervoso, com os cabelos oleosos desgrenhados, olheiras profundas sob as lentes grossas e a pele macilenta de um fumante que não dormia fazia vários dias.

Naquele momento ele conversava com Iório, que apresentava péssimo humor, talvez por ter acordado cedo, e Stone, eternamente blasé e mau-caráter. A mesa estava ocupada por pilhas de papel, que cresciam a cada minuto devido ao movimento de investigadores que não paravam de chegar com novas informações.

O bloquinho com dizeres de Seicho-No-Ie trazia a frase: "O homem que sobe a montanha encontra o céu".

Bóris, naquele momento, parecia querer encontrar apenas o paradeiro de um assassino. Fez um gesto para que eu me sentasse numa cadeira ao lado de Iório, que mal conseguiu esboçar um sorriso, e disse:

— Se Miguel ainda estiver em São Paulo, vai preso em menos de vinte e quatro horas.

— E se não estiver? — perguntei.

— Pego em uma semana. Já avisei as fronteiras e as polícias de todo o Brasil, esse não me escapa.

Depois passou-me uma folha com o retrato falado de Miguel. O sujeito era um índio e tinha, mesmo ali, naquele desenho impessoal e técnico (e talvez por isso mesmo), uma aparência ameaçadora. O retrato, feito com a ajuda de Stone, estava em todas as delegacias e redações de jornais. Concluí que aquele desenho definitivamente punha por água abaixo qualquer possibilidade de Miguel ser um travesti.

— Alguma novidade, Bellini? — perguntou Bóris, visivelmente satisfeito.

— Nenhuma — respondi.

Mostrou-me uma folha datilografada e trocou um olhar cúmplice com Iório.

— Dá uma olhada nisso aqui.

— Um dossiê?

Ele sorriu. Por mais simpáticos que fossem, Bóris e Iório eram policiais antes de qualquer outra coisa. E policiais, por natureza ou tradição, sempre sentem orgulho em desbancar detetives particulares. Olhei para a folha datilografada:

"Miguel Angel Sanchez Olivares, chileno, vive ilegalmente no país há mais de quatro anos. Idade aproximada: 26. Moreno, olhos castanhos, estatura média, cabelos lisos. Porte físico musculoso. Sem marcas ou cicatriz. Sem passagem pela polícia. Prostituto bissexual. Cáften, dançarino e ator de shows e vídeos eróticos. Conhecido nas boates do centro da cidade, nas produtoras de filmes da Boca do Lixo e na região de prostituição masculina próxima ao colégio Dante Alighieri. Sem residência fixa. Vivia ultimamente em companhia de outros prostitutos num edifício na alameda Glete, 147, região central.

Morou em Campo Grande, Mato Grosso, onde era conhecido como Anjo. É também chamado de Índio. Está desaparecido desde o assassinato de Samuel Rafidjian Júnior."

— Que tal para um dia de trabalho? — indagou, vaidoso, Bóris. Abstive-me de responder-lhe. Bóris e Iório riram. Stone continuava alheio como se tivesse pressa em sair dali.

— E esses caras com quem ele morava na alameda Glete? — perguntei.

— Foram checados há pouco. Fizemos uma visita-surpresa às seis da manhã. Os sujeitos, dois prostitutos, não sabiam de nada.

Bóris acendeu um Minister.

— Miguel morou lá por apenas quatro dias, depois sumiu com suas coisas, que se resumiam a uma mala e uma bolsa de couro. Sumiu sem dar notícias, no dia seguinte ao assassinato. Não deixou nem o dinheiro que se comprometeu a pagar, os sujeitos estão putos.

2.

Liguei para Dora da sala de Bóris e convidei-a para o almoço no restaurante Almanara, de cozinha árabe. Flagrei-me subitamente interessado na culinária libanesa. Consultei o relógio, 12h17, e, como havia tempo (marcamos o almoço para a uma hora), fui a pé até o restaurante. No percurso, caminhando pela avenida São Luís, pensei em Beatrice, a avó libanesa de Beatriz. De certa maneira, havia uma relação estreita entre ela e a pizzaria Camelo.

O Camelo era basicamente um restaurante árabe, e no entanto produzia a pizza mais saborosa da cidade. Nos fins de semana formavam-se filas imensas diante de suas portas, na rua Pamplona. Era irônico que a melhor pizza de São Paulo, uma cidade repleta de imigrantes italianos, fosse feita por árabes.

A interação cultural e racial da cidade me surpreendia.

A união profissional de Tufik e Caled Tureg com Abel e Caruso Focca, italianos e árabes trabalhando juntos para consolidar a Máfia na América do Sul. Poético.

E por que não eu, Remo Bellini, e Beatriz Mekla unidos à luz de duas culturas tão diferentes mas igualmente passionais e vibrantes?

Beatriz.

A visão da sua vagina vermelha como sashimi de atum (e eu estava correto, se pareciam entre si), vasta de pelos negros que lhe davam um aspecto animal excitante, combinada ao enigma constante que permeava suas atitudes, não me saía da cabeça.

E foi pensando em Beatriz que vislumbrei a silhueta sólida de Dora, sentada ao balcão do Almanara, bebendo chope.

3.

O garçom indicou-nos uma mesa; sentamos e escolhemos tabule, quibe cru, charutinhos de carne moída e folha de parreira, homus e pão sírio. Para beber, chope.

Dora, curiosa em relação às descobertas de Bóris, emburrou-se ao saber de seus avanços. Desde que o caso Rafidjian começara a render publicidade excessiva, atraindo com isso a interferência pessoal do secretário de Justiça, os humores de Bóris e Dora andavam inconstantes e inversamente proporcionais. Grassava entre os dois uma competição inconfessa que só fazia estimulá-los. A velha rixa polícia versus detetive. Perguntei:

— Você acredita que o caso esteja resolvido?

— Em tese, sim. Mas alguns aspectos são obscuros.

— Por exemplo?

— Aceitemos, por suposição, que Rafidjian fosse homossexual e estivesse realmente apaixonado por Miguel. Por que motivo Miguel desejaria matá-lo?

Antes que eu abrisse a boca ela se antecipou:

— Eu sei que a maioria dos crimes ocorre sem motivo aparente, mas esses casos, crimes de prostitutos contra homossexuais, como provam as estatísticas, costumam acontecer imediatamente após o relacionamento sexual, e, em grande parte, com o assassino sob efeito de álcool e drogas.

— Suponhamos que Miguel estivesse chantageando o médico — afirmei. — Rafidjian parecia bem preocupado em escamotear sua condição de homossexual.

— E por que um sujeito que estivesse fazendo chantagem perderia a cabeça a ponto de assassinar a vítima com um guarda-chuva? — perguntou Dora. — Não seria mais razoável, nesse caso, que Rafidjian perdesse a cabeça e assassinasse ele o chantagista? Matar uma pessoa a estocadas de guarda-chuva é, por definição, uma maneira passional de se assassinar alguém. As descrições desse Miguel o apontam como um sujeito fechado, frio... um tipo que agiria provavelmente com premeditação, com cuidado... definitivamente, o perfil desse Miguel é o contrário do perfil do assassino passional.

— Mas você tem que admitir que as evidências estão todas contra ele — argumentei.

— Admito, mas vou direcionar minha investigação para um outro lado. Escuta — ela aproximou o rosto e baixou o volume da voz —, quero que você procure os dois sujeitos que estavam dividindo o apartamento com Miguel, na alameda Glete, e quero também que você localize Fátima e descubra com ela aquele tipo de informação confidencial, como a da amiga que tinha visto o Rafidjian mas se recusou a falar com a polícia. Deixemos o trabalho óbvio com o Bóris, pra nós o que interessa agora é descobrir os meandros, os detalhes aparentemente irrelevantes.

Às vezes eu tinha a impressão de que Dora consumia literatura policial um pouco além da conta, o que a transformava numa espécie de madame Bovary do romance noir.

Depois do café, ela voltou para os seus misteriosos afazeres no escritório (que muitas vezes incluíam audições intermináveis de solos de violino).

Fui de ônibus para o edifício 147 da alameda Glete. Aquela rua, já sabemos, tinha história: minha primeira e desenxabida experiência sexual.

4.
O edifício 147 não se diferenciava dos outros em seu aspecto deteriorado.

Abri uma porta de madeira podre e caminhei por um corredor escuro e mal ventilado até uma outra porta de madeira podre onde li "Zelador". Bati. Um mulato de meia-idade atendeu-me com um grunhido:

— Polícia?

— Mais ou menos — respondi, sem saber o que isso queria dizer —, preciso falar com os sujeitos que moravam com o gringo desaparecido.

Ele estava com metade do corpo para fora, mantendo a porta entreaberta:

— Apartamento 206, mas acho que não tem ninguém agora.

Ele estava certo. Não obtive resposta às batidas na porta do 206. Voltei ao zelador, botei um dinheiro no bolso de sua camisa, entreguei-lhe um pedaço de papel com os números de telefone do escritório e do apartamento e disse:

— Peça que entrem em contato urgentemente com detetive Lobo ou detetive Bellini, é assunto do interesse deles. — E torci para que o dinheiro entoasse seu canto de sereia.

De lá fui até o Hotel Mênfis e como Fátima também não estivesse, deixei-lhe um recado para que me ligasse o mais rapidamente possível. Talvez tivesse que lhe oferecer meus favores sexuais mais tarde, e isso me perturbou. Não preciso dizer que algumas frases de Túlio Bellini e de minha ex-mulher transitaram por minha cabeça e quando voltei para casa, no meio da tarde, nem Albert King nem Jack Daniel's foram capazes de demover a sensação de que alguém me perseguia. Talvez fosse preciso, ao contrário do que eu esperava, telefonar para Zé Maria antes que o caso se resolvesse.

Adormeci à espera de que algum telefonema me acordasse.

5.
A campainha, e não o telefone, me acordou.

Fátima tinha uma notícia "muito importante", que precisava anunciar "ao vivo". Mas antes, como era de esperar, abriu a blusa e, consciente do efeito (avassalador) que exerciam sobre mim, exibiu seus peitos duros e grandes. Dessa vez, ao contrário da outra, confesso, não me encontrava tão sôfrego, mas a atitude desconfiada de Fátima, que exigiu pagamento antecipado (se considerarmos que eu pagava com sexo as informações que ela me fornecia), não me deixou outra alternativa: fodemos novamente, e foi bom.

Ela continuava insistindo em me chamar de Bê.

Eu era Remo para Beatriz e Bê para Fátima. Remo Bê, pensei, soava afetado, como o nome de uma grife de roupas para madames: Remo Bê Confecções.

Minha personalidade se desintegrava a uma velocidade espantosa.

A notícia que Fátima trazia, no entanto, era realmente importante. Ela havia localizado um amigo de Miguel Angel que toparia conversar comigo contanto que a polícia estivesse fora da jogada. Seu nome era Juan. Ele estava de posse do número do meu telefone e me ligaria ainda naquela noite. Fátima desconfiava que Juan pediria algum dinheiro em troca das informações.

— Hoje em dia ninguém faz nada de graça — ela disse sorrindo, e me senti tão prostituto quanto Miguel Angel Sanchez Olivares.

6.

Fátima ficou deitada por um bom tempo na cama, nua, fumando um cigarro e soprando a fumaça para o alto. Eu estava sentado numa cadeira ao lado da cama, também nu, tentando pensar num meio de mandá-la embora. As luzes estavam apagadas, mas a claridade da rua, que entrava pela janela, era suficiente para iluminar o quarto.

Fátima levantou-se bruscamente e disse:

— Não se preocupa não, Bê, eu já estou indo embora.
— Por quê?
— Não precisa inventar que a tua mãe Lívia vem te visitar amanhã de manhã, eu já vou embora.
— Que história é essa? — perguntei.
— Nada não, você entendeu. — Ela estava em pé, vestindo a calcinha. Seus peitos grandes de odalisca estavam soltos e eu não conseguia tirar os olhos deles. Ela disse: — Eu só queria trepar mesmo. Eu gosto do teu cacete.

Fiquei lisonjeado com a declaração, sem entender por que o Lázaro ressuscitado, que é como eu chamava meu pau, estava fazendo tanto sucesso.

Mas o orgulho não duraria muito tempo.

Depois que Fátima saiu, deixando no quarto seu cheiro de cigarro e sexo, fui tomado de uma melancolia forte, que se misturou à sensação incômoda de rejeição.

Aquelas eram sensações conhecidas. Remontavam a uma noite, havia quase dois anos, quando, ao voltar para casa, encontrei o bilhete de despedida de minha ex-mulher jogado sobre nossa cama desarrumada. Depois disso, nunca mais ouvira falar dela, exceto em delírios visuais e auditivos que, como para compensar sua ausência, me acometiam diariamente.

Eu já cogitava ligar na manhã seguinte para Zé Maria, quando o telefone tocou trazendo a voz de um gringo misterioso do outro lado da linha:
— Bellini?
— Ele mesmo.
— É Juan. Fátima falou de mim?
— Falou.
— Então — ele disse, com sotaque carregado —, qual é o babado?
— Qual é o babado digo eu. O que você quer? — perguntei.
— Eu quero me encontrar com você, mas sem a polícia, tá ligado? Sem polícia na jogada.
— Já entendi. Que mais?

— Mais nada — disse.
— Você não quer dinheiro? — perguntei incrédulo.
— Só um pouquinho, pra livrar minha cara, estou muito duro. Mas não vou cobrar pelas informações. — Ouvi seu sorriso, provavelmente cínico. — Você me dá uma ajuda de custo e tudo bem.
— O.k. — afirmei. — E onde eu te encontro?
— Ao lado da estátua de Luís de Camões no parque Trianon.
— Dentro do parque? A que horas?
— Meia-noite.
— Meia-noite? Impossível. O parque é fechado à noite.
— Eu sei. É por isso mesmo — afirmou Juan. — Assim ninguém incomoda enquanto a gente conversa.
— Mas eu vou ter que pular as grades — protestei.
— E seja discreto — ele completou. — Se você chegar acompanhado eu não apareço. Lembre-se, amanhã à meia-noite, no parque Trianon, ao lado da estátua de Luís de Camões, o caolho.
Desligou.

31 de maio, quinta-feira

1.
"Novidades no crime do guarda-chuva: médico assassinado era homossexual." Essa frase, com uma ou outra variação, estava impressa em letras grandes nas primeiras páginas dos principais jornais da cidade. Logo abaixo, em letras menores: "Descoberta da polícia muda os rumos da investigação".

A notícia invadiu os cadernos policiais. O fato de Rafidjian ser homossexual elevou o caso a um patamar mais graduado em escala de importância. Foi necessário apenas folhear rapidamente os jornais para chegar a essa conclusão. O retrato falado de Miguel Angel, um índio de aspecto aterrador, ocupou com destaque as folhas impressas dos diários.

Casos como esse, de homossexuais assassinados por garotos de programa, eram relativamente comuns na crônica policial; portanto, quando cheguei ao escritório para uma reunião de emergência solicitada por Dora, o clima geral era de fim de caso.

Rita estava animada, conversando com o estagiário responsável pelo caso Pompílio Nagra-Fabian Fegri. Embora eu estivesse vivendo intensamente o momento "caça ao matador chileno", e não tivesse tempo de pensar noutra coisa, perguntei ao sujeito a quantas andava meu amigo yuppie, "Pentelho" Nagra. Rita se antecipou:

— Você não vai acreditar, Bellini.
— Não vou acreditar em quê? — perguntei.
Ela olhou sorrindo para o estagiário:
— Fala!
Ele me olhou sem jeito, pigarreou e disse:
— O caso está encerrado. Fabian acertou as contas, dizendo que não precisava mais dos serviços de Dora Lobo. — Quer dizer — concluí — que aquela história toda de traição não passava mesmo de uma paranoia do Fabian?
— Pode-se dizer que sim — concordou o estagiário.
Rita insistiu:
— Paranoia não é a palavra certa. Fala pra ele.
O sujeito insinuou um sorriso sem graça, empertigou-se e disse:
— Eles eram gays. Estão morando juntos agora.
— Gays?
— É. Fabian era apaixonado por Pompílio, mas acho que não tinha coragem de se declarar. No fundo, o que ele queria era vigiar Pompílio, e o fez por meio dessa desculpa de que desconfiava que ele o traía profissionalmente.
— E como você descobriu isso?
— Há uns dois dias eles foram jantar e acabaram bebendo demais, porque saíram do restaurante abraçados e fazendo carinhos um no outro. Depois foram juntos para a casa de Fabian e só saíram de lá no dia seguinte. Nesse dia não foram trabalhar, passaram a manhã em casa e à tarde foram para o parque Ibirapuera fazer um piquenique. Nesse piquenique eles se portaram como dois pombinhos apaixonados. Hoje, recebi a notícia de que resolveram dividir o mesmo teto e que, portanto, o caso estava encerrado.

Entreolhamo-nos surpresos.

2.

Em sua sala, o Lobo estava nervoso, fumando e andando de um lado para o outro. Eu perguntei:

— Caso encerrado?
— Caso encerrado? Você ficou louco?
— Mas a Sofia ainda quer a gente no caso? Mesmo depois das revelações do Stone?
— Claro que sim — respondeu. — Se ela já não acreditava que o marido a traía com mulheres, que dirá com homens. Além do mais, enquanto esse Miguel não for preso, nada prova que ele é realmente o assassino.
— Que é isso, Dora? Mais provas que essas? Só falta ele confessar o crime.
— Você já soube? — ela perguntou. — Reconheceram o retrato falado de Miguel Angel no prédio do consultório do Rafidjian. Um porteiro lembrou-se de ter visto um "sujeito estranho, com cara de índio". Miguel Angel esteve lá no dia e na hora do crime.
— Então — afirmei. — O caso está encerrado.
— Não, isso não prova nada; além disso, Sofia Rafidjian me ligou esta manhã e enquanto Miguel Angel não confessar o crime nós continuamos no caso. Tem mais — ela disse, levantando a mão direita com a Tiparillo presa entre os dedos —, nós estamos no caso até eu dizer quem é o culpado. Foi isso que a Sofia me falou, que tem plena confiança em mim e que só aceitará qualquer versão da polícia se essa versão tiver a minha aprovação.
Dora estava eloquente, febril, quase louca. Se eu não a conhecesse tão bem, diria até que havia cheirado algumas linhas de cocaína.
— Mas você não tem dúvidas de que esse Miguel é o culpado, tem? — indaguei.
— Eu tenho sim. Ontem nós ainda acreditávamos que talvez Miguel Angel e Ana Cíntia fossem a mesma pessoa. Hoje já sabemos que não são. A situação ainda está bastante movediça... as certezas são instáveis. Quem é Ana Cíntia Lopes, por exemplo? Como essa, existem várias outras perguntas que não saberíamos responder... então o caso ainda não está encerrado e eu estou, sim, cheia de dúvidas.

— Muito bem — concordei. — Qual o próximo passo?
— O que nós precisamos agora é chegar ao Miguel antes da polícia.
— Eu tenho uma surpresa.
— Que surpresa? — ela perguntou.
— Surpresa é surpresa. Amanhã eu conto.
— Se é alguma coisa relacionada àqueles dois sujeitos que moravam com o gringo na alameda Glete, pode desistir — disse —, eles não sabem de nada e o pouco que sabiam já foi checado pela polícia.
— E o que eles sabiam?
— Nada. Eles precisavam de alguém para dividir as despesas do apartamento e colocaram uma plaqueta no andar térreo do edifício. Miguel Angel apareceu, deixou suas coisas por lá e garantiu que apresentaria seu dinheiro logo que chegassem as contas. Os sujeitos mal tiveram tempo de conhecê-lo, ele quase não ficava no apartamento, exceto por algumas horas em que dormia um sono pesado e não conversava com ninguém. Quatro dias depois, pegou sua tralha e sumiu. — Ela sorriu. — Bóris perdeu um tempo precioso atrás dessa pista inútil.
— Por que você e Bóris ficam fazendo esse joguinho infantil de gato e rato?
— Porque é isso que torna as coisas mais interessantes — respondeu.

Depois, tragou a cigarrilha de uma maneira ansiosa, como uma criança sugando uma chupeta:
— Qual é a surpresa, Bellini?
— Só amanhã, já falei.
— Conta, vai.
— Não.
— Por quê?
— Porque é isso que torna as coisas mais interessantes — respondi.

3.

Em casa, enquanto esperava a meia-noite, ouvi Robert Johnson.

Desde aquela malfadada "noite dos presságios" em Santos, não pensava mais em presságios. No meu entender, presságios remetiam à cocaína, portanto, apesar de Sherlock Holmes e Sigmund Freud, deviam ser esquecidos. Mas alguma coisa naquele inesperado casamento entre Pompílio Nagra e Fabian Fegri me alertava os sentidos, como um cachorro que, ao escutar um barulho distante, levanta as orelhas.

Remo Bellini, o cãozinho dócil. Era assim que Túlio Bellini e Dora Lobo me enxergavam, como um cachorro manso e fiel. Por mais que eu latisse e arreganhasse os dentes, para eles eu seria sempre um cãozinho inofensivo. Por essa razão, quando disparei os tiros fatais contra Rocco, o cão de guarda do cassino de Cubatão, além dele, matei também o cachorrinho fiel que vivia dentro de mim.

Só faltava Túlio e Dora perceberem isso.

Não me agradava quando o Lobo tornava-se demasiado autossuficiente, como estava naquela tarde no escritório.

Foi por isso que nada lhe revelei sobre meu encontro secreto com Juan, o amigo de Miguel Angel, que ocorreria logo mais, à meia-noite, no parque Trianon, ao lado do meu prédio. Coincidência? Sincronicidade? Presságio? Não importa. O importante era que Juan se encontraria comigo por meus próprios méritos investigativos, mesmo que esses méritos incluíssem ocasionais favores sexuais, que era como funcionavam as coisas entre Fátima e eu. Foda-se. Já que aquilo estava virando uma competição pessoal entre Dora e Bóris, eles que esperassem pelas revelações que eu teria no outro dia pela manhã.

O certo é que nem de longe eu poderia supor o que verdadeiramente me aguardava à meia-noite, ali ao lado, no meio da folhagem cerrada do parque Trianon.

4.

A coisa deu-se do seguinte modo: por volta de meia-noite, caminhei até o parque, que já estava fechado, e escalei a grade de mais ou menos dois metros e meio de altura. Tomei o cuidado de escolher um ponto mal iluminado, para que não pudesse ser observado pela horda de tiras que frequentava a região. A estratégia estava correta, mas eu me encontrava de tal maneira fora de forma e acima do peso ideal que uma simples escalada se transformou numa façanha cansativa e desajeitada.

Lá dentro, dirigi-me à estátua de Luís de Camões. Não havia ninguém ali, a não ser o próprio Camões que, mítico, fantasmagórico e irreal, me observava com um olho só e sorria sutilmente, como que antevendo o que aconteceria em seguida.

E então, sem que eu me desse conta, senti no pescoço a pressão fria de uma lâmina de canivete.

— Juan?
— Coloque a arma no chão — ele ordenou, com sotaque.

Obedeci e o sujeito afrouxou a guarda, permitindo que eu virasse o rosto em sua direção. Mas não era Juan quem me apontava o canivete. Lembrei-me de Caled e me perguntei se, ao contrário do que ele pensava, homens seriam também uma ilusão.

Quem estava ali era Miguel Angel Sanchez Olivares, o Índio.
— Você? — balbuciei incrédulo.
— Tem um cigarro? — perguntou.
— Eu não fumo.

Com o pé, ele aproximou de si a Beretta até poder apanhá-la sem precisar mover o canivete e os olhos de minha direção. Examinou-a rapidamente, descarregou-a com precisão e disse:
— Bela automática.

Depois, num gesto de paz, devolveu-me a arma descarregada, segurando-a pelo cano e me oferecendo a coronha.
— Eu não quero te machucar — disse —, só estava com medo de que não me deixasse explicar...

— Explicar o quê? — perguntei.
— Explicar que não matei o Rafidjian.

Miguel Angel, o homem mais procurado da cidade, cujo retrato falado estava estampado em jornais, delegacias e postos rodoviários, estava ali, na minha frente, com um aspecto cansado e indefeso. Ele vestia calça e camisa jeans e um par de tênis brancos. As roupas estavam sujas. Tinha a barba de dias por fazer, cabelos negros desgrenhados e olhos vermelhos.

— Eu não matei o Rafidjian — repetiu.
Guardou o canivete no bolso da calça, sentou-se no chão segurando a cabeça entre as mãos e apoiou os cotovelos sobre as coxas. Sua face estava voltada para baixo.
— Eu não matei o cara! Não matei. — Miguel levantou o rosto e olhou em minha direção. — E só você pode me ajudar.
— Eu? Vamos com calma, meu chapa. Em primeiro lugar, de onde você me conhece?
— Dos jornais.
— E quem é Juan? — perguntei.
— Juan é um amigo que está me ajudando, foi ele quem me convenceu a te encontrar.
— E foi ele mesmo quem me telefonou?
— Foi.
— E quem é que estava me seguindo, você ou Juan?
— Eu. Minha ideia era te chamar pra uma conversa, mas fiquei com medo que se assustasse e pusesse tudo a perder.
— Então seu amigo Juan teve a brilhante ideia de montar essa armadilha pra me atrair?
— Sim, mas não leva a mal, cara, essa é a minha última chance.
— Chance de quê?
— Bellini, eu não tenho muito tempo, a polícia vai me pegar

a qualquer hora. Depois que me prendem, não me deixam mais sair de lá... você precisa me escutar.
— Estou escutando.
— Naquele dia, quando cheguei no escritório do Rafidjian, ele já estava morto.
— E por que você não diz isso pra polícia? — sugeri.
— Porque eles não acreditariam em mim.
— E por que acha que vou acreditar?
— Não acho que você vai acreditar, mas tenho que tentar.
— Tente — eu disse, sob o olhar vigilante do olho são de Camões.

1º de junho,
sexta-feira de manhã

1.
Cheguei ao escritório elegantemente vestido, perfumado, barbeado e absolutamente senhor da situação. Naquele momento, estava em primeiro lugar na bolsa de apostas do caso Rafidjian, e havia, surpreendentemente, deixado meus opositores Dora e Bóris para trás na reta de chegada da "corrida pela resolução do crime".

Quando liguei para Dora, algumas horas antes, lhe comunicando que a surpresa a que havia me referido no dia anterior estava a caminho, e que essa surpresa consistia simplesmente na quase elucidação do caso, ela ficou à beira de uma parada cardíaca e me ordenou em tom imperativo:

— Venha já pra cá!

Embora aparentando contrariedade por não ter sido participada, no dia anterior, de meu encontro secreto com Juan, Dora não disfarçou sua alegria ao saber que quem apareceu no parque, em vez de Juan, foi Miguel Angel. Dessa vez, foi ela que permaneceu em silêncio, fumando nervosamente suas Tiparillos, enquanto eu narrava os fatos ocorridos uma noite antes no parque Trianon. Depois de relatar-lhe o encontro inesperado com o suspeito do assassinato, e sua negativa em assumir a autoria do crime, contei-lhe como Miguel Angel justificou sua história:

— "Tudo que falam de mim é verdade, Bellini", disse Miguel, e me senti como um padre num confessionário. "Desde que cheguei do Chile, há quatro anos, que ganho a vida comendo esses viados, e isso não nego pra ninguém."
Falei: "E nem poderia, já está mais do que provado".
"Esse é que é o problema, as evidências estão todas contra mim."
"E você ainda quer que eu te ajude a sair dessa? Logo eu?", perguntei, mas ele não respondeu, e continuou falando como se eu não tivesse dito nada.
"Nesses anos todos, vivi de comer viados e mulheres mais velhas. Fiz uns shows também, conheci pessoas e fiz alguns contatos. Fui levando a vida, tentando me acertar, mas sem conseguir nada."
Ali estava uma frase com a qual me identifiquei, Dora: "Fui levando a vida, tentando me acertar, mas sem conseguir nada".
— Deixe as reflexões de lado e se atenha aos fatos, Bellini.
— Qual é? Estou tentando imitar o seu estilo — argumentei.
— Se é esse o meu estilo — afirmou, soltando fumaça pelo nariz —, imagino o que não passa tendo que me escutar. Continue, por favor.
Tentei então objetivar o relato, omitindo minhas reflexões:
— Miguel falou: "Foi aí que conheci Rafidjian, e ele se apaixonou por mim. No começo gostei, porque ele me deu grana, presentes e achei que tinha achado a mina, que tinha garantido meu futuro, entende?". Eu disse que entendia e ele continuou: "Mas o negócio foi ficando estranho. Rafidjian começou a pedir exclusividade, me queria só pra ele. Mesmo que o dinheiro fosse bem-vindo, não dava pra aceitar esse papel de amante de homem rico, não foi pra isso que vim pro Brasil. E além do mais, não sou viado. Só fodo os caras para fazer um dinheiro. E eu só como, ninguém me come. Mas o Rafidjian às vezes me tratava como mulher e isso foi me enchendo o saco".
— Ah, ele só comia — interrompeu Dora, irônica.
— Pois é. Então, falou: "Chegou o momento em que precisei

dar um basta. A minha vida estava meio louca. Uma garota tinha ficado grávida de um filho meu, a Dinéia...". Interrompi-o e perguntei:

"O quê? A Dinéia ficou grávida de um filho seu?"

"Isso mesmo. E agora ela perdeu o filho, eu soube. Minha vida está mesmo uma merda."

— Interessante — comentou Dora.

Prossegui:

— Ele disse que o fato de Dinéia ter ficado grávida o sensibilizou de tal modo que resolveu mudar de vida. Decidiu botar um ponto final em seu caso com Rafidjian. Só que, sabendo que Rafidjian não aceitaria assim tão facilmente esse rompimento, montou um pequeno plano para convencê-lo.

— Um momento, Bellini. — Dora levantou-se, caminhou até a estante e serviu-se de vinho do Porto. Depois, voltou à mesa: — Continue, por favor.

— Miguel falou: "Eu precisava bolar alguma coisa pra sensibilizar aquela bicha velha, então me liguei que ele só pensava em amor, só falava em amor, era um viado romântico. Fiz o seguinte: na última vez em que a gente saiu, disse para ele: Rafidjian, eu vou me casar. Estou apaixonado por uma garota e vou me casar".

"Como assim? Quem é ela?", perguntou Rafidjian.

"É Ana Cíntia Lopes, uma dançarina da Dervixe."

— E quem é Ana Cíntia Lopes ? — perguntou Dora, exasperada, interrompendo o fluxo da minha memória.

— Calma.

2.

— Ana Cíntia Lopes foi o nome que veio à cabeça de Miguel Angel Sanchez Olivares quando inventou que estava prestes a se casar com uma dançarina da Dervixe. Mas esse nome não era inventado. Ana Cíntia realmente existiu, Miguel a conheceu no Chile, quando era criança. Ana Cíntia Lopes era uma menina brasileira que vivia na mesma rua onde morava Miguel Angel, num bairro pobre de Santiago. Ele se apaixonou por ela, na época, e Ana Cíntia ficou para sempre em sua memória como o seu primeiro amor. Foi esse, portanto, o nome que veio à sua cabeça quando precisou dar um nome à mulher imaginária com quem supostamente se casaria.

"E como ela é?", perguntou Rafidjian, quando recebeu a notícia.

— E então Miguel, que tinha uma foto de Camila na carteira ("porque ela trabalhou comigo, porque a gente namorou, e, principalmente, porque era gostosa"), e era uma foto de corpo inteiro, mostrou-a a Rafidjian e disse:

"É essa. Esta é Ana Cíntia Lopes. Ela trabalha na Dervixe, mas está cansada dessa vida, assim como eu, então resolvemos largar tudo e vamos nos casar."

— Não foi à toa que Miguel mostrou a Rafidjian a foto de Camila. Ele sabia que ela havia deixado a Dervixe e tinha voltado para a casa do pai em Santos. Assim, caso Rafidjian fosse checar a história, não encontraria Camila para tentar dissuadi-la da ideia de casar-se com Miguel, o que fatalmente desmascararia o plano. O fato de Dinéia ter traços parecidos com os de Camila e ter viajado na mesma época para Cornélio Procópio carregando no ventre um filho dele, inclusive, foi, segundo Miguel, "realmente uma coincidência", já que "Dinéia não fazia parte do plano".

— Muito bem — disse Dora. — Esse foi o estratagema inventado por Miguel; dar um nome falso a uma dançarina que, ele já sabia, não se encontrava mais na cidade, com a finalidade de fazer o Rafidjian acreditar que ele estava se casando e mudando de vida. E o que aconteceu então?

— Aconteceu que Miguel tentou mesmo mudar de vida. Foi viver num apartamento de amigos chilenos, e, por um bom tempo, deixou de frequentar os lugares a que estava acostumado e onde certamente Rafidjian estaria procurando por ele. Porém, segundo o próprio Miguel:

"Depois de um mês eu estava totalmente duro e morrendo

de saudades da noite. A primeira coisa que fiz foi sair do apê dos meus amigos, que eram muito caretas, e arrumar uma vaga num muquifo na alameda Glete. Depois, resolvi botar o Rafidjian de novo no circuito e tirar alguma grana dele. Eu sabia que o velho era totalmente paranoico com a possibilidade de descobrirem que era viado, por isso liguei pra sua casa e fiz uma pressão. Ele ficava louco quando ligavam pra sua casa. Era proibido. Ligações desse tipo, só pro consultório, às segundas, terças e quartas, entre meio-dia e uma hora, no horário do almoço, quando ficava sozinho. Eu liguei domingo à noite, pra chocar o velho mesmo, e fiz uma espécie de chantagem, dizendo que contaria pros seus amigos que ele era viado, caso não me arrumasse uma grana."

"Espécie de chantagem? Chantagem explícita, você quer dizer", afirmei, e Miguel Angel ficou um pouco desconcertado.

"É...", ele prosseguiu, "Rafidjian ficou puto, mas ao mesmo tempo ficou feliz, porque a bicha tava com saudades minhas. Pediu que eu fosse ao escritório no dia seguinte, naquele horário de sempre, e eu estava crente que ia descolar um dinheiro. Quando cheguei lá, o velho estava morto, todo ensanguentado, com os olhos estourados, deitado no chão. Saí correndo."

"E o que você fez então?", perguntei.

"Fugi", disse Miguel, "tentei arrumar dinheiro pra deixar a cidade, mas não consegui. Fiquei escondido na casa de amigos, desesperado, esperando a hora da polícia me ligar ao crime. Eu sei que eles não vão acreditar em minha história."

"É difícil mesmo que acreditem", concordei, "mas quem poderia ter matado o médico?"

"Não faço a menor ideia, por isso pensei nesse encontro. Sei que você trabalha com o detetive Lobo e só vocês vão poder me tirar dessa encrenca. O problema é que não tenho dinheiro pra pagar seus serviços, mas quando tiver, juro, pago tudo. Por falar nisso, você pode me adiantar aquela grana?"

"Que grana?"

"Aquela ajuda de custo que o Juan pediu pelo telefone."

"Você acha que eu tenho cara de otário?", perguntei.

"Não mais do que eu", disse, "alguém me armou uma grande cilada e eu caí como um pato."

— Dei-lhe alguns trocados e ele foi embora, se esgueirando pela folhagem do parque como um índio velho e cansado.

3.

Por um momento a fumaça da Tiparillo serviu como um efeito cinematográfico, transportando a ação do parque Trianon para o edifício Itália.

Na sala de Dora:

— Então você agora é cúmplice de um foragido.

— Não enche. Você devia me dar parabéns.

— E dou. Graças a você, podemos deduzir que a intenção de Rafidjian era encontrar Miguel Angel, mas, como tivesse medo de que descobríssemos que era homossexual, contratou-nos para encontrar Ana Cíntia, pois assim, pensou, encontraria Miguel sem dar bandeira de que era gay.

— O problema foi que Rafidjian acreditou que Miguel havia realmente se casado com Ana Cíntia — completei —, quando tudo não passava de uma invenção do chileno.

— Foi por isso que demos tantas voltas em falso — disse Dora.

— Miguel Angel uniu doses de fantasia e realidade para montar sua história e enganar o Rafidjian, e isso dificultou nosso trabalho. Ao mesmo tempo que fazia algum sentido, não fazia sentido nenhum. O curioso é que a história toda foi uma invenção. A dançarina que Rafidjian procurava, porque queria na verdade encontrar Miguel, era Camila, mas ele pensava que seu nome era Ana Cíntia, que por sua vez era o nome de uma namoradinha de infância de Miguel. E Dinéia, apesar de carregar no ventre um filho de Miguel Angel, nada tinha a ver com a história. E a própria Camila, embora usada pelo chileno em seu estratagema, em nenhum momento soube da confusão em que estava metida. Engenhoso!

— Realmente muito engenhoso — eu disse. — O cara inven-

tou tanto que acabou ele mesmo se metendo numa confusão. Isto é — ressalvei —, se aceitarmos a versão de que ele é inocente da morte do médico.
— E acredito que seja. O homem não se arriscaria a encontrá-lo, ali no Trianon, se não fosse por uma boa razão.
— Mas se acreditarmos nisso — afirmei —, voltamos à estaca zero.
— E em algum momento estivemos fora dela? — perguntou Dora.
Não respondi.

4.

Perguntei:
— Dora, quem era Samuel Rafidjian Júnior, afinal de contas?
— É difícil definir um homem com poucas palavras. Mas o Rafidjian era um sujeito inseguro, de personalidade fraca, um sonhador. Não foi à toa que o apelidei de Dom Quixote no dia em que o conheci. Ele teve que inventar uma realidade paralela para escapar ao ambiente opressor de seu próprio lar. Não o culpo por isso. A vida ao lado daquelas duas mulheres fortes, voluntariosas e antagônicas devia mesmo ser insuportável. Isso sem falar naquelas crianças mimadas e esquisitas.
— Você pode me explicar melhor?
— Em primeiro lugar temos Sofia, a viúva. Ela é fina, bem-educada e quase antipática. É uma mulher que se formou em psicologia mas optou por não trabalhar para viver em função dos filhos e do marido. É vaidosa, porém consciente de sua função de dona de casa e educadora das crianças. Tem um código moral rígido e, pelo que observei, é sinceramente ignorante das aventuras extraconjugais do falecido esposo. Posso imaginar a dificuldade que enfrenta para assimilar a notícia de que o marido era homossexual. Sua educação burguesa e conservadora não lhe permitirá perdoá-lo jamais.
— Um último detalhe — concluiu. — Sofia e a mãe de Rafidjian, d. Soaila, nunca tiveram um bom relacionamento.

Dora acendeu uma Tiparillo. Prosseguiu:
— A outra mulher é Ismália, a empregada. É aquela senhora alta, mulata, que consolava os dois filhos menores no enterro de Rafidjian. Lembra-se?
Fiz que sim com a cabeça.
— Ismália já era empregada da família Rafidjian quando Samuel era ainda solteiro. Quando ele se casou com Sofia, Ismália acompanhou o casal como parte do presente de casamento dos pais de Rafidjian. Entre Ismália e Sofia sempre houve uma disputa velada de poder. Primeiro, porque Ismália tinha um bom relacionamento com d. Soaila, a mãe de Rafidjian, e depois, porque as crianças menores eram muito apegadas a ela, ao contrário de Samuel Neto, o filho mais velho, muito ligado à mãe. Suas diferenças vão além disso. Enquanto Sofia é uma mulher fina e discreta, Ismália é uma matraca falastrona, rancorosa e desagradável. Não posso negar, no entanto, que Ismália me ajudou mais do que qualquer outra pessoa a compreender melhor a família Rafidjian, pois ninguém se dispôs a falar tanto quanto ela. Apesar de bastante fofoqueira, pareceu não desconfiar de qualquer atividade extraconjugal de Rafidjian.
— E as crianças mimadas e esquisitas? — perguntei.
— Samuel Neto, que é chamado de Samuca, é quieto e ensimesmado, aparentemente frio. Mas mostra-se o tempo todo muito atencioso com a mãe e os irmãos. É estudioso e quer seguir a carreira do pai. Gosta também de jogar basquete. Aliás, estudar e jogar basquete são seus únicos passatempos. Sílvia, a menina, é de longe a mais esquisita de todos. Assim como o irmão mais velho, gosta muito de esportes. Pratica tênis desde muito pequena e já venceu alguns torneios infantis no clube Pinheiros. É quieta e dissimulada, mas de comportamento irascível. Puxou o temperamento da mãe. A princípio, não quis falar comigo, mas, quando a mãe ordenou que cooperasse, Sílvia obedeceu, cinicamente. Parece ter sofrido muito com a morte do pai. Finalmente, temos Serginho, o caçula. Serginho é o que apresenta traços de personalidade mais pró-

ximos do pai. É um menino bobinho e sem personalidade. Mas é reticente e, por incrível que possa parecer, bem hipócrita para os dez anos que tem.

— Uma criança de dez anos não pode ser hipócrita.

— Ele é hipócrita. Não subestime as crianças, Bellini, elas são capazes de atrocidades inimagináveis.

Era inacreditável que Dora fizesse essa imagem de Serginho, um garoto gordinho e inofensivo que eu conhecera no enterro de Rafidjian. Perguntei:

— Você investigou os amigos de Rafidjian? Algum deles deu indicações de conhecer essa sua inesperada homossexualidade?

— Que nada. Os amigos são tão falsos e acomodados quanto ele era. Todos disseram que Samuel era um "grande amigo, excelente profissional e ótimo filho, marido e pai"... um bando de mentirosos. Não me surpreende que um homem como Rafidjian, encurralado entre duas mulheres chatas, três filhos dissimulados, e vários amigos idiotas, tenha optado por se divertir com rapazes prostitutos, nada mais natural.

— Ele não tinha nenhum amigo mais próximo, mais íntimo? — insisti.

— O único que demonstrou conhecer a personalidade de Rafidjian um pouco mais a fundo foi Ivan Boudeni, seu antigo professor, e pelo que apurei, uma espécie de confidente. Boudeni afirmou que Rafidjian era um grande talento da cirurgia e homem de muita sensibilidade, mas que apresentava ao mesmo tempo um comportamento instável e intempestivo. Rafidjian via em Boudeni uma espécie de conselheiro, e procurava-o sempre que se sentia acometido de depressão, o que não era raro. Mas nunca confessou sua homossexualidade. Suas conversas giravam basicamente em torno da medicina e da família.

Passamos alguns instantes em silêncio. Quebrei-o:

— Você tem algum suspeito, Dora?

— Não. Mas reparei que ultimamente algumas pessoas adquiriram comportamentos suspeitos.

— Como assim?

— Sofia, a viúva, por exemplo. Ela é tão insuspeita, a meu ver, que isso a torna suspeita. Ninguém é assim tão insuspeito. Já Ismália... bem, apesar de ser um clichê, não podemos esquecer o exemplo dos romances policiais, em que o mordomo...
— Que é isso, Dora? Tá me gozando? — perguntei, interrompendo-a.
— Não. Eu falo sério.
— Você não acha que está sendo muito literária?
— Mas foi onde eu aprendi a desvendar crimes, na literatura.

Talvez aquela conversa estivesse se tornando demasiadamente filosófica. Ou patética. Mesmo assim, insisti:
— E os filhos? — perguntei.
— Os filhos, meu querido, se fossem meus filhos, estariam todos internados numa clínica para tratamento psiquiátrico. Não confio na sanidade mental de nenhum deles. Pra ser sincera, não me espantaria se aquele monstrinho gordo tivesse matado o próprio pai.
— Você está implicando com o menino — redargui.

Percebi então que ela estava se divertindo às minhas custas. E o que é pior, eu estava desempenhando o papel do palhaço. Ela costumava fazer isso quando estava cansada ou irritada. Antes de resolver um caso, Dora sempre mostrava sinais de estresse. Era como se seu cérebro funcionasse melhor sob pressão, embora ela não admitisse.
— Chega de palhaçada, Dora. Estou falando sério.
— Já que você está tão sério, diga-me qual o seu suspeito.
— D. Gláucia, a secretária — afirmei.
— Pelo amor de Deus, Bellini. Você diz que está falando sério e me vem com a d. Gláucia? Nem a polícia acreditaria que ela pudesse cometer o crime. Por falar em polícia — ela soprou a fumaça da cigarrilha com tanta fúria, que, por um momento, esperei que seus pulmões saíssem pela boca —, não ouse contar ao Bóris nem um pio da sua conversa com Miguel Angel. Quero aproveitar essa vantagem.
— Vamos fazer um trato — propus. — Eu não conto nada ao

Bóris e você me diz alguma coisa mais a respeito desse "comportamento suspeito" dos Rafidjian. Mas fale sério.
— Isso se chama chantagem — ela disse.
— Eu sei.

5.
A inquietude de Dora traía uma ansiedade brutal.
Aceitando o trato, falou:
— Desde que Rafidjian foi morto que seus familiares adotaram estranhos hábitos. Sofia, a viúva, passou a assistir televisão o dia inteiro. Antes do marido morrer ela odiava televisão e costumava desencorajar os filhos a assisti-la. Pois atualmente assiste à TV dia e noite. Sílvia, a menina, está mais arredia do que já era normalmente, e passa os dias trancada dentro de seu próprio quarto. Não sai nem mesmo para jogar tênis, o que é impressionante, levando-se em conta a paixão que nutre pelo esporte. Samuca, o mais velho, está paranoico e suspeita de todos dentro da própria casa. Desde o dia em que o pai morreu que o rapaz não permite que Ismália arrume seu quarto, nem que prepare sua comida e nem mesmo que lave suas roupas, preferindo ele mesmo fazê-lo. E Ismália, essa agora fala sozinha durante as noites. Diz que está falando com os espíritos e que tem se comunicado regularmente com Rafidjian. Este só não lhe revelou ainda o nome do próprio assassino, mas Ismália garante que é questão de tempo.
— E o Serginho?
— O Serginho está normal.
— E o que quer dizer tudo isso? — perguntei.
— Não sei, se descobrir me avise, por favor.

2 de junho, sábado

Resolvi dar uma folga a mim mesmo e prometi não pronunciar (nem que mentalmente) os nomes Rafidjian, Miguel Angel, Bóris e Dora.

Prometi também uma outra coisa a mim, e a realizei à noite, num bar.

— Beatriz, vamos namorar pra valer?

Era isso que eu tinha me prometido: propor um namoro sério a Beatriz e, se possível, desvendar seu mistério.

— Como assim, Remo?

Nós estávamos sentados frente a frente, bebendo margueritas.

— Como "como assim"? Namorar, como todo mundo faz.

— Não. Às vezes eu acho que você não me leva a sério, cara. Eu não vou te namorar, eu não posso te namorar. Nem que eu quisesse.

— Por quê? Por causa de um homem no passado? Você não faz análise desde criança? Não deu ainda pra superar esse trauma?

— Você não entende. Não é uma coisa só do passado. É do presente também...

— Você é casada! — exclamei. — Você é casada e não tem coragem de admitir.

— Que bobagem, Remo. Por que você tem que agir como um cara antiquado e possessivo, que quer namorar, noivar e depois casar? Você está obcecado pela ideia de casamento! E além do mais, as coisas estão tão legais do jeito que estão... tudo tem acontecido sem a gente forçar nada. Pra que "formalizar" uma coisa tão espontânea?

Essa era a conversa típica de uma universitária e tive que apelar para minha maturidade:

— Eu sei, você não quer se prender a uma relação tradicional porque acha que é muito jovem e tem muita coisa pra viver antes de se comprometer com um homem mais velho, não é isso?

— Que homem mais velho, cara? Você é mais infantil que eu.

— Imagine. Eu sou um sujeito desiludido, abandonado, marcado pela vida. De onde estou, vejo claramente que a juventude é uma ilusão.

— "De onde estou"? Pirou? Você tem trinta e dois anos e acha que já sabe tudo... parece meu pai.

— Você tem razão — concordei. — A maturidade também é uma ilusão. Aliás, ultimamente tudo parece uma ilusão pra mim.

— Isso não é uma ilusão — ela sussurrou ao meu ouvido, e enfiou a língua em minha orelha.

— Isso não — admiti.

Ela pressionou com a mão meu pau sob a mesa e completou:

— Vamos deixar a coisa assim, sem compromisso.

Mais uma vez minhas intenções de namorar firme e de desvendar um mistério feminino foram por água abaixo.

Naquela noite Beatriz e eu fizemos sexo, que não sei por quê, revelando um aspecto conservador e fora de moda de minha personalidade, eu insistia em chamar de "amor". Penetrei com volúpia sua vagina de sashimi de atum, e, pela primeira vez, de uma maneira perturbadoramente experiente, ela chupou meu pau. Aquilo fez de mim seu escravo para sempre.

Homens sempre se desarmam quando mulheres por quem estão apaixonados demonstram habilidades na sagrada arte do *fellatio*.

***

De madrugada, apesar de minha insistência para que ficasse, Beatriz foi embora. Alegou que o dia seguinte era domingo e os domingos ela passava junto ao pai, já que ele não os suportava. "Eu também não", exclamei, mas não foi suficiente para fazê-la ficar. Mulheres são estranhas. Fátima, quando trepávamos, sempre queria ficar e eu pedia que fosse embora. Beatriz, ao contrário, queria ir embora e eu pedia que ficasse. Pensei em minha ex-mulher e era natural que pensasse: sempre que me sentia rejeitado, ela retornava das profundezas de minha memória, não para me consolar, é claro, mas para me deixar ainda mais deprimido.

Lembrei-me mais uma vez da teoria de Caled. Mulheres não tinham em comum apenas o fato de serem uma ilusão. Elas também sempre faziam exatamente o contrário do que eu esperava que fizessem.

3 de junho, domingo à noite

Eu tinha passado um dia realmente inútil, deitado na cama lendo jornais e ouvindo blues.

Escutar blues numa tarde ensolarada de domingo em São Paulo (no caso, com o acompanhamento sonoro garantido pelos vizinhos: rádios transmitindo partidas de futebol e televisores apresentando programas de auditório) é como estar a um passo do suicídio. Ainda mais quando se tem, como eu tinha, uma pistola automática ao alcance das mãos.

Um domingo, para mim, era como um longo deserto a ser atravessado.

"Mais um domingo vencido por Remo, o Sobrevivente", era o que eu estava pensando, quando Dora telefonou, por volta de dez da noite.

— Bellini, Bóris acaba de ligar, Miguel Angel foi preso.

— Como?

— A polícia invadiu um pequeno apartamento no Bixiga onde vivem amontoados uns trinta chilenos, a maioria em situação ilegal no país. Miguel estava lá, entre eles. Não resistiu à prisão e recusou-se a fazer declarações.

— Ele está na Homicídios? — perguntei.

— Sim.

— Vou pra lá agora?

— Não — respondeu Dora. — Está incomunicável. Pra nós, só amanhã.
— Por que isso?
— Frescura.

4 de junho, segunda-feira de manhã

1.
Quando entrei na delegacia, surpreendeu-me um sujeito moreno com a mão estendida:

— Meu nome é Juan.

— Muito prazer.

— Você desculpa eu ter inventado aquela história toda do encontro, mas agora, mais do que nunca, você é a única chance do Miguel sair dessa encrenca.

Eu gostaria de ter continuado a conversa, dizendo ao sujeito que eu não era a última chance de ninguém, muito menos a do Miguel, mas um casal, cuja metade masculina me acenava, me chamou a atenção.

Quem me saudava era Duílio, o marinheiro chofer de táxi, e abraçada a ele, como uma namorada carinhosa, Camila Garcia, a misteriosa dançarina junky. Aquela era uma surpresa intensa e desestabilizadora. Duílio veio em minha direção:

— Patrão, Camila está ansiosa pra te conhecer.

E ela, linda e enigmática:

— Então foi você que ficou me seguindo e eu nem desconfiei de nada.

— Vocês ... ? — eu perguntei.

— Estamos juntos — afirmou Duílio, abraçando-a. — E costumamos dizer que você foi o nosso cupido.
— É, o nosso cupido, ah, ah — completou Camila, sorrindo de uma maneira quimicamente suspeita.
Nesse instante Dinéia entrou pela porta da delegacia. Camila afastou-se para cumprimentá-la. Aproveitei sua ausência e perguntei a Duílio:
— Me perdoe a indiscrição, mas você não era casado com a filha do Sintra?
— Eu sou ainda, mas a Eugênia não sabe de nada e a Camila não tem ciúmes.
— Sei. E como tem passado o Sintra?
— O velho está bem, acompanha o caso pelos jornais — respondeu.
— Como foi que isso aconteceu?
— O quê? Nosso namoro?
— É.
— Foi por sua causa, você foi o cupido, patrão.
— Cupido... essa é boa, Duílio. Eu não consigo nem arrumar uma namorada e você me chama de cupido.
— Aconteceu o seguinte — explicou —, depois que você foi embora de Santos, fiquei curioso por saber quem era a pessoa que você seguia. Eu me lembrava do endereço, rua Tratado de Tordesilhas, 63. Então cheirei umas linhas e fui brincar de detetive. Daí, bom, cá entre nós, a Camila é uma graça. Eu me apaixonei, convidei ela pra sair, essas coisas... e aí descobri que ela gostava dos mesmos lances que eu, entende?
— Como assim?
— A Eugênia, minha mulher, não gosta que eu cheire pó nem que eu beba, então tenho que viver fingindo que estou careta quando estou louco, e isso não é legal. Com a Camila é diferente. A gente cheira, bebe e depois — ele sorriu maliciosamente como os machos fazem quando falam do desempenho sexual das fêmeas —, ela fode muito bem, patrão, muito bem

mesmo. Pra você ter uma ideia, ela gosta de tomar no cu, gosta de chupar pau e de trepar com mais gente junto.

Apesar de achar aquela conversa um pouco grosseira, confesso que senti inveja de Duílio. Não apenas pelo sexo (que pela aparência de Camila devia mesmo ser muito bom), mas também pela mistura de sexo com pó, que, pelo que me lembrava, era ótima.

— Vamos conhecer a Dinéia — ele disse, e imaginei que talvez Duílio estivesse com intenções mais interessantes que as minhas.

2.

Era a primeira vez na vida que eu via Dinéia em carne e osso, mas cumprimentei-a como a uma velha amiga. Ela falou:

— Vocês estavam vigiando a gente, parece filme... superemocionante.

Camila, que estava achando tudo engraçado, riu espalhafatosamente.

Foi preciso que um policial gentilmente dissesse: "Que porra é essa? Silêncio aí, caralho", para que eu me lembrasse de que estávamos no hall de entrada de uma Delegacia de Homicídios, o que me levou a interpelar Camila, Dinéia e Duílio com a seguinte pergunta:

— O que é que vocês estão fazendo aqui?

Camila disse:

— Viemos fazer a...

Duílio completou:

— Acareação.

— Aca... acareação, ah, ah, ah, ah — divertiu-se Camila.

— Não liga não — disse Dinéia, dirigindo-se a mim —, essa aí é louca.

Depois, segurou pelos ombros Camila, que ainda ria, e completou:

— É bom você se comportar, Camilinha, se os caras chamaram a gente aqui, devem ter um motivo sério. — Virou o rosto

em minha direção. — Eu recebi uma intimação ontem mesmo em Cornélio.
— Cornélio, ah, ah, ah, ah, ah, ah...
Camila ria sem parar, como se acometida de um ataque histérico. Duílio levou-a até o bebedouro.
— Essa franga tá precisando esfriar a cabeça — disse.

Fiquei sozinho com Dinéia e não desperdicei a oportunidade:
— É verdade que o filho que você estava esperando era do Miguel Angel?
— Que pergunta é essa? Quem te deu essa intimidade?
— É importante, Dinéia, muito importante.
— Por quê?
— Porque pode ajudar o Miguel.
— E quem disse que eu quero ajudar esse animal? — perguntou Dinéia.
— Não é questão de querer ou não querer, é uma questão de justiça — argumentei.
Ela ficou em silêncio, me olhando.
— O filho era do Miguel, Dinéia? — insisti.
— Era sim. Quer dizer, acho que era.
— Mas você disse pro Miguel que "achava" que a criança era dele?
— Não. Pra ele eu disse que tinha certeza.
— Muito bem.
— Muito bem por quê? — perguntou.
— Você acaba de me dar um indício importante de que Miguel não é mentiroso e, mais, de que é um pouco ingênuo também...
— Hã?
Antes que eu lhe explicasse o que aquilo queria dizer, um detetive jovem e antipático (que eu já conhecia) aproximou-se e disse:
— Remo Bellini? O delegado quer lhe falar.

Em sua sala, Bóris me recebeu em pé, exultante. Seus cabelos estavam molhados e penteados para trás, e seu aspecto era o de um fantasma recém-saído do chuveiro. Os olhos, sob as lentes grossas, estavam mais fundos do que nunca:
— E então, você não me cumprimenta pela elucidação do caso?
— Por quê? — redargui. — O Índio já confessou?
— Ainda não. Você tem alguma dúvida de que ele matou o médico? — Bóris perguntou jocosamente, duvidando dessa possibilidade.
— Tenho — afirmei. — Posso falar com ele?
— Fique à vontade, mas seja rápido. Muito rápido. — Ele acendeu um Minister num gesto recheado de orgulho. — Vou fazer a acareação e depois apresentá-lo à imprensa. O secretário de Justiça vem pessoalmente fazer a apresentação.

Enquanto o detetive antipático me acompanhava até a cela de Miguel, pensei que Dora seria bem capaz de inventar um outro assassino, mesmo que estivesse certa da culpa de Miguel, só para não dar o braço a torcer.
Miguel Angel Sanchez Olivares estava calado, sozinho numa cela especial.
Ali estava um homem sem esperanças, concluí.

3.
— Se você quer ajuda — eu disse —, você tem que me ajudar também.
— Que ajuda eu posso dar, cara, trancado aqui dentro, enquanto lá fora todo mundo diz que sou um assassino louco, que matou um viado com um guarda-chuva?
— Se você não matou o Rafidjian, quem o matou? — perguntei.
— Não sei. Já quebrei minha cabeça pensando nisso.
— Algum inimigo que quisesse incriminá-lo?
— Eu não tenho inimigos — respondeu. — Nem amigos.

— E o Juan?
— Juan é um irmão. Você sabe o que é ter um irmão, cara?
— Não.
— E um amigo? — perguntou.— Você sabe o que é ter um amigo?
— Também não. Mas sei o que é ter um pai, se isso serve pra alguma coisa — afirmei.
— Isso eu não sei — completou. — Nunca tive um pai.
Nesse momento o detetive jovem e antipático disse:
— Tempo!
— Já? Última pergunta — repliquei. Dirigi-me ao chileno em voz baixa: — O que o Juan pensa disso tudo?
Antes que Miguel respondesse, o detetive se interpôs, apontando para o próprio relógio:
— Acabou o tempo, meu irmão.
Pior de tudo foi aguentar o sujeito me chamar de "irmão". Virei-me para Miguel e disse:
— Eu volto. — E fui embora.

No saguão, a caminho da porta, reencontrei Camila e Dinéia.
— Vocês não sabem — falei —, mas quase me deixam louco.
Elas sorriram lisonjeadas. Dinéia perguntou:
— Que história foi aquela de dizer que o Miguel é ingênuo?
— Miguel? Ingênuo? Ah, ah, ah... — foi o comentário sintomático de Camila.
Dirigi-me a Dinéia:
— Ingênuo o bastante para acreditar que o filho que estava na tua barriga era dele. Só dele.
— Que filho? — perguntou Camila.
— Isso não é ingenuidade, é presunção — disse Dinéia, ignorando a pergunta de Camila.
— Cupido, Cupido! — interpelou-me Camila. — De quem vocês estão falando?

— Estamos falando da vida, meu amor — respondi.
— Ah, bom. Pensei que vocês estavam falando de mim... — — disse Camila.
— E estávamos, de certa forma — afirmei.
— Falando da Camila? — perguntou Dinéia. — Eu não estava falando da Camila!
— Não importa — eu disse.
— Importa sim! — insistiu Dinéia.
— Por quê?
— Porque vocês, homens, pensam que todas as mulheres são iguais. Por isso vocês nos tratam como se fôssemos...
— Uma ilusão? — perguntei.
— Não — ela respondeu. — Umas idiotas.
Saí andando.
Fui para o escritório. Lá, não consegui falar com Dora. Ela estava trancada em sua sala com Ismália, a empregada dos Rafidjian. Havia uma ordem expressa de que não fosse permitida a entrada de ninguém. Deixei por escrito as últimas novas e voltei para casa. Antes, parei no Luar de Agosto para o sanduíche de salame com queijo provolone no pão francês, e o chope (ao todo foram quatro) gelado.
Antônio perguntou:
— E então, Bellini, amanhã tem festa?
— Festa?
Eu havia me esquecido, mas no dia seguinte completaria trinta e três anos.

4.
Fátima adquirira um novo hábito. Em vez de telefonar antes, agora ela vinha direto à minha casa quando queria me encontrar. E logo que eu lhe abria a porta, sem que falássemos uma palavra, ela me mostrava os peitos. Eu, subjugado e atraído por alguma força magnética que emanava daquele par de seios, prostrava-me diante deles e me entregava ao prazer verdadeiramente infantil de sugar-lhes um leite imaginário (leia-se: eu

mamava seus peitos como um bebê faminto). Naturalmente esse passatempo inocente degenerava numa forma mais adulta de diversão (leia-se: acabávamos trepando).

Foi o que aconteceu naquela noite de segunda-feira que antecedia meu aniversário: Fátima apareceu e nós trepamos.

Depois de meia-noite eu disse:

— Hoje eu faço trinta e três anos.

E Fátima:

— Então vou te dar um presente.

Nós estávamos nus, deitados na cama. Ela me fez deitar no seu colo, ofereceu-me um dos seios e disse:

— Mama.

Obedeci. Ao mesmo tempo que eu mamava, ela me masturbava com intensidade e rapidez.

Gozei.

— Gostou do presente? — perguntou.

— Sabe de uma coisa, Fátima? Você é minha amiga.

— Sou mesmo, Bê. Não tinha percebido ainda?

— Não. Mas já que você é minha amiga, posso te pedir uma coisa?

Ela concordou com um movimento de cabeça.

— Não me chama de Bê. É ridículo.

— Que ridículo, o quê, Bellini. Você é muito tenso.

— Tenso?

— É. Qual o problema de te chamar de Bê? E um apelido carinhoso.

— É que me sinto um idiota, entendeu? Bê é ridículo, se alguém escutar, pode pegar mal pra minha reputação — expliquei.

— Reputação? Qual reputação? — ela perguntou desafiadoramente.

— Eu sou detetive, neném.

— E daí? Detetives não podem ter apelido?

— Podem. Mas não Bê.
— Tudo bem, tudo bem. Você é um chato. — Ela acendeu um cigarro. — Por falar nisso...
— Nisso o quê?
— Em detetive. — Ela soprou a fumaça vagarosamente. — Você soube que o Miguel Angel foi preso?
— Estive hoje à tarde com ele na delegacia — afirmei.
— E o Juan, te ligou naquela noite? — perguntou.
— Ligou sim. Como você conheceu o Juan?
— Ele me procurou. Esse tal Juan ficou sabendo, não sei como, que eu estava atrás de informações sobre o Miguel Angel. Então me encontrou na Dervixe e disse:
"Por que você está investigando o Miguel, qual o seu interesse?"
"Nenhum", respondi, "eu só estou ajudando um amigo meu, o detetive Bellini."
"E ele: 'Eu tenho informações sobre o Miguel, mas quero conversar pessoalmente com esse Bellini. Você tem como me botar em contato com ele?'. Foi isso."
— E o Juan trabalha na noite? — perguntei.
— Não. Acho que não.

Depois disso, Fátima e eu ficamos deitados na cama em silêncio. Naquela noite, estranhamente, eu não sentia vontade de que ela fosse embora. Ela perguntou:
— Você tem uma namorada, né? Por isso não gosta que eu durma aqui, tem medo que a noiva fique sabendo?
— Noiva o caralho. Eu não tenho sequer uma namorada.
— Então por que sempre que me come me manda embora logo depois? — perguntou.
— Porque estou apaixonado por uma garota, a Beatriz — confessei.
— Coitado. Essa Beatriz não te faz bem, você anda tão nervoso.

— Não, ela é legal. O problema é que Beatriz não quer se comprometer, e eu quero uma relação mais estável, entende?
— Entendo.
Fátima levantou-se e começou a vestir-se.
— Você não quer dormir aqui? — perguntei, ou melhor, convidei.
— Hoje não — disse, e foi embora.

5 de junho, terça-feira de manhã

1.
Como fazia todo dia 5 de junho, minha mãe ligou.
— Remo, parabéns. Trinta e três anos, a idade de Cristo.
Lívia Bellini tinha a capacidade de relacionar qualquer assunto com religião.
— Obrigado, mãe. Espero não ser crucificado este ano.
— Claro que não; mas a mãe sabe a via crucis que tem sido sua vida.
— Não tem via crucis nenhuma, minha vida está ótima. Estou fazendo o que gosto.
— Seu pai sofre tanto...
— Sofre porque é um egoísta que não aceita que o filho viva a própria vida.
— Não fala assim.
— Tudo bem, deixa pra lá.
— Você tem se alimentado? — perguntou.
— Tenho.
— Reminho, por que você não aproveita essa data e toma uma atitude digna de um Jesus Cristo?
— Que atitude, por exemplo? — perguntei, prevendo a resposta.
— Reate a relação com seu pai. Fale com ele.

— Mas é ele que não quer falar comigo.
— Um pai é uma coisa muito importante na vida — afirmou.
— Eu sei. A senhora já falou isso pra ele?
— Já. E ele perguntou a mesma coisa pra mim, se eu já tinha falado isso pra você. Vocês são tão parecidos, Remo.
— Não fala isso, mãe. Você ligou no dia do meu aniversário pra me ofender?
— Que pecado! Você sabe como eu sofro com isso.
— Desculpe.
— Deus me deu dois filhos, e um deles me tirou logo após o nascimento. Você é o único que me restou, e agora, com essa idade, tenho que sofrer essa dor de ver meu filho se recusar a falar com o próprio pai?
— Mas ele também se recusa a falar comigo — argumentei.
— Porque vocês dois são orgulhosos. São dois orgulhosos de cabeça-dura! Se um dos dois tivesse a generosidade de se dignar a falar com o outro, acabaria toda essa besteira... um pai e um filho que não se falam, que desgraça!
— Algum dia ele vai acabar me compreendendo e me aceitando — afirmei. — Não se preocupe. O importante é que eu estou feliz.
— E a saúde? — ela perguntou.
— Ótima.
— Não se esqueça de se alimentar.
— O.k.
— Então, feliz aniversário, filho.
— Obrigado, mãe. Posso te pedir uma coisa?
— O quê?
— Não me chama mais de Reminho, por favor.

2.
Fiz meu desjejum no Luar de Agosto.
Quando pedi a conta, Antônio sorriu e disse:
— Não tem conta nenhuma. Esse é o nosso presente de aniversário.

Depois, como que convencido de que aquele dia merecia uma comemoração especial, comprei todos os jornais do dia e voltei para casa. Coloquei Muddy Waters no toca-fitas, preparei um drinque com Jack Daniel's, água e gelo e estatelei-me na cama em companhia das notícias daquele 5 de junho.

A notícia do dia era a prisão de Miguel Angel Sanchez Olivares, "o assassino do guarda-chuva". Especulava-se sobre os motivos do crime, "provavelmente desentendimentos decorrentes da chantagem de que o médico era supostamente vítima", e esperava-se para qualquer momento a confissão do chileno. Bóris aparecia circunspecto ao lado do secretário de Justiça, em uma foto. "O crime está praticamente solucionado", declarava o secretário, sob a foto.

Para mim o crime estava longe de ser solucionado, mas eu estava enganado, como provaria um telefonema que recebi em seguida.

— Feliz aniversário, Bellini.
— Dora?
— Eu tenho um presente pra você.
— O que é?
— Isso é surpresa. Mas vou adiantar duas coisas; primeira, esteja aqui às seis horas em ponto. Segunda, você já ouviu falar dos enigmas da Esfinge de Tebas?
— Não.
— É uma pena. Se conhecesse a Esfinge de Tebas talvez você descobrisse, antes das seis, quem matou Rafidjian.
— O quê?
— Isso mesmo. Eu já descobri quem é o assassino, mas só vou anunciar o nome às seis horas aqui no escritório. Por que somente às seis horas, você entenderá mais tarde.
— Você está brincando, Dora.
— Eu não estou brincando. Esteja aqui às...

— Às seis horas, já entendi. Mas o que tem essa Esfinge de Tebas a ver com o caso?
— Tudo. Investigue, e talvez você chegue aqui sem curiosidades a satisfazer.
— Mas...
— Feliz aniversário, Bellini.
Antes que desligasse, ouvi ao fundo Paganini tocando furiosamente.
"Dora e seus enigmas", pensei, "filha da puta."

Consultei o relógio, 11h42.
Eu teria pouco mais de seis horas para tentar desvendar aquele enigma idiota. As mulheres viviam me propondo enigmas, e eu nunca era capaz de decifrá-los. "Você já ouviu falar dos enigmas da Esfinge de Tebas?", dissera Dora. Muito simples, eu iria a uma biblioteca qualquer, a Biblioteca Municipal, por exemplo, ou mesmo a biblioteca da faculdade de direito, e lá procuraria numa enciclopédia o verbete "Esfinge" ou "Tebas" ou mesmo "Enigmas".
Seria assim tão simples?
Tomei um banho frio e fiz a barba. Enquanto me vestia, supus: "E se Enigma da Esfinge de Tebas for alguma coisa do tipo Teorema de Pitágoras? Ou seria Teorema de Arquimedes? Arquimedes não foi o sujeito que gritou 'heureca!' na banheira?". Isso mesmo, "heureca", gritei.
— Heureca!
Lembrei-me então de onde conhecia (vagamente) os enigmas da Esfinge de Tebas. Da estante do escritório de Túlio Bellini! Mais precisamente, do *Dicionário da mitologia grega e romana*. Seria preciso correr imediatamente ao escritório de meu pai, com quem eu não falava havia mais de um ano, para tentar desvendar uma charada que me levaria ao nome do assassino de Samuel Rafidjian Júnior. E tudo isso acontecia às 12h37 do dia 5 de junho de 1983, o dia em que eu completava trinta e três anos.

Como não teria coragem de encarar meu pai (ainda mais por um motivo tão banal como a consulta de um dicionário de mitologia), telefonei ao seu escritório antes de sair correndo feito um louco. Quem atendeu foi d. Helga, a velha secretária:
— Dr. Remo?
— Como vai, Helga? Meu pai está por aí?
— Não senhor, hoje ele tem uma audição no Fórum — respondeu.
— Muito bem, estarei aí em quinze minutos.
— O senhor está vindo pra cá?
Os funcionários de meu pai temiam minha presença no escritório. Isso se explica pelo péssimo estado de espírito de Túlio Bellini após nossas discussões.
— Helga?
— Sim?
— Por favor, não me chame de doutor nem de senhor, tá legal? Até já.
Desliguei e me precipitei para as escadas, já que os elevadores do Baronesa de Arary eram a maneira mais lenta que eu conhecia de me deslocar entre dois pontos.

3.

ESFINGE. Monstro feminino a quem se atribuía cabeça de mulher, peito, patas e cauda de leão, mas que estava provido de asas como uma ave de rapina. A Esfinge está ligada sobretudo à lenda de Édipo e ao ciclo tebano. Este monstro foi enviado por Hera contra Tebas para castigar a cidade pelo crime de Laio, que amara o filho de Pélops, Crisipo, em amores culpados. Estabeleceu-se numa montanha situada a oeste de Tebas, nas proximidades da cidade. Daí, assolava a região devorando os seres humanos que lhe passavam ao alcance. Sobretudo, apresentava enigmas aos viajantes, que não os conseguiam decifrar. Então, matava-os. Somente Édipo conseguiu responder-lhe. Desesperado, o monstro atirou-se de um rochedo e matou-se. Dizia-se também que Édipo o trespassara com a sua lança (vide ÉDIPO).

***

Foi difícil me concentrar no texto e procurar pistas entre as palavras, ali, no escritório de Túlio Bellini.

Era como se muitos fantasmas me espreitassem do meio daqueles livros pesados de direito penal. Rômulo, meu pai, minha ex-mulher, todos eles se mostraram presentes, de uma maneira ou de outra. E d. Helga, ela mesma uma morta-viva em carne e osso, desconfiada, entrava a todo momento no escritório a pretexto de consultar um ou outro papel. Pura encenação. Helga, ao contrário de meu pai, era péssima atriz. Não contive um desejo sádico de perguntar-lhe:

— Helga, você já ouviu falar dos enigmas da Esfinge de Tebas?
— Como, doutor?
— Helga, não me chame de doutor, eu não sou doutor. Eu sou detetive — pronunciei as sílabas separadamente, sabendo do efeito constrangedor que a palavra detetive causava entre os funcionários do escritório.
— Sim... Remo... não conheço nenhum enigma, não senhor... quero dizer... Remo...
— O.k., Helga, pode sair agora.

Sei que fui meio rude com a velhinha, mas eu não conseguia controlar uma revolta juvenil que me acometia sempre que estava naquele lugar. O escritório de Túlio Bellini era território inimigo, afinal de contas.

Voltando ao trabalho, não foi possível pronunciar nenhuma "heureca" com o que encontrei no verbete "Esfinge" do dicionário. Seguindo as instruções de Pierre Grimal, que terminara sua explicação sobre a Esfinge com um "vide Édipo", voltei algumas páginas até encontrar o verbete "Édipo" na página 127.

> ÉDIPO. Édipo voltava de Delfos, onde o deus lhe tinha predito que ele mataria o pai e casaria com a mãe. Assustado e crendo ser filho de Pólibo, decidiu exilar-se voluntariamente e por isso se dirigia a

Tebas, na altura em que cruzou com Laio e este o levou a insultá-lo (ou, segundo outros, o insultou), provocando a sua cólera.

Ao chegar a Tebas, Édipo encontrou a Esfinge – um monstro híbrido de leão e mulher, que apresentava enigmas aos transeuntes e devorava os que não conseguissem responder-lhe. Costumava perguntar:

"Qual é o ser que caminha ora com dois pés, ora com três, ora com quatro, e que, contrariamente ao normal, é mais fraco quando usa o maior número de pés?"

Havia ainda outro enigma:

"Há duas irmãs: uma gera a outra e a segunda é gerada pela primeira."

A resposta ao primeiro enigma é "o homem" (porque o homem gatinha na sua primeira infância, desloca-se depois caminhando sobre dois pés, e apoiado a um bordão no declinar da vida).

A solução para o segundo é "o dia e a noite" (o substantivo dia é feminino em grego; por conseguinte, o dia é "irmã" da noite). Nunca ninguém entre os tebanos conseguira dar resposta a estes enigmas e a Esfinge devorava os candidatos um a um. Édipo viu imediatamente as soluções, e o monstro despeitado precipitou-se do alto do rochedo onde se encontrava (ou tê-lo-ia Édipo empurrado para o abismo).

4.

Quando cheguei ao escritório, às seis horas, vi na antessala, ao lado da mesa de Rita, um médico (ou enfermeiro ou coisa que o valha) e dois oficiais de polícia, fardados e armados. Na sala de Dora, além dela mesma, Bóris e o escrivão acomodavam-se em torno de sua mesa. Em frente a eles, sentada na minha poltrona, Sofia Rafidjian acompanhada de seu filho Samuel Rafidjian Neto, o Samuca, que a amparava. Bóris foi o primeiro a falar, consultando o relógio:

— Espero que tenha uma boa explicação para todo esse teatro, Dora Lobo. Eu já disse que meu tempo é precioso e esse é o único horário de que disponho. Em meia hora preciso estar de volta à delegacia.

Ela se limitou a sorrir, enquanto acendia uma Tiparillo. Levantou-se e caminhou até a janela, onde permaneceu imóvel, encarando-nos como faria uma professora antes de ministrar um severo exame a seus alunos. Depois, falou:

— Há momentos em que o exercício de meu ofício torna-se difícil, desagradável e acima de tudo profundamente doloroso. Este é um desses momentos. Em primeiro lugar, quero dizer que não sinto aqui o menor orgulho, e antes, tenho o dever de elucidar esse crime em prol da verdade e da liberdade de um homem injustamente aprisionado.

— Sem rodeios, Dora — suplicou Bóris.

— Meu caro Bóris, apresse-se em conseguir um mandado de soltura para Miguel Angel Sanchez Olivares. O assassino de Samuel Rafidjian Júnior é...

Nesse momento, dramaticamente, Dora esticou o braço na direção de Sofia e Samuca e disse:

— Seu próprio filho, Samuel Rafidjian Neto!

— Um parricídio... — balbuciou Bóris.

— Ahhhhhhh! — gritou Sofia, e desmaiou.

Samuca levantou-se desconcertado e tentou instintivamente correr para a porta. Os dois policiais, previamente instruídos por Dora, impediram-no de transpassá-la. O médico, ou enfermeiro (também instruído por Dora), entrou na sala com uma maleta de primeiros socorros e injetou um calmante numa veia do braço de Sofia, que agora se debatia histericamente na poltrona. Dora, que apesar dos esforços não escondia o orgulho e a satisfação, virou-se para Bóris e disse:

— Entendeu agora o porquê de todo esse teatro?

— Não, eu não entendi nada — ele respondeu. — Queira explicar-me, por favor.

Sofia foi acomodada no sofá da antessala assistida pelo médico e por Rita. Samuel sentou-se na poltrona antes ocupada por sua mãe, e os policiais permaneceram do lado de fora. Dora,

em pé ao lado da janela, encarou Samuel, que permanecia controlado e frio, apesar de um pouco assustado. Por fim, ela disse:
— Tudo começou com uma desconfiança pequena, uma inspiração sutil. A imagem de Rafidjian morto com os dois olhos perfurados remeteu-me, não sei por quê, ao mito de Édipo. Édipo, como todos sabem, matou o próprio pai e depois cegou a si mesmo como uma autopunição ao seu terrível crime. O fato do assassino ter usado um guarda-chuva como arma, se considerarmos o guarda-chuva como símbolo de proteção e segurança, também me sugeriu uma ideia de agressão à figura do pai. Mas até aí vocês poderiam argumentar que me movo no terreno das suposições e, pior, que uso de psicologia barata para fundamentar hipóteses aparentemente absurdas. Absolutamente correto. Mas uma evidência confirmou minha desconfiança...
— Que evidência? — perguntou Bóris. — Pelo amor de Deus, Dora.
— Conversando com Ismália, a empregada da família, descobri que, desde o dia da morte do pai, Samuca, demonstrando uma inusitada paranoia, fazia questão de preparar sua própria comida e de lavar suas próprias roupas. Isso soou bem estranho. Eu poderia aceitar que, ao preparar sua comida, ele se defendesse de uma suposta ameaça de envenenamento, embora, admitamos, tal ameaça pareça bem estapafúrdia. Mas lavar as próprias roupas? Por quê? Com qual finalidade? Deduzi então que alguma espécie de farsa poderia se acobertar sob esse comportamento de Samuca.
"Que roupas, por exemplo", perguntei a Ismália, "ele lavou no dia do crime?"
"Ela respondeu: 'Uma calça jeans, um short, uma camiseta, meias e um agasalho esportivo'."
"E você reparou em alguma coisa de anormal nesse fato, Ismália?", perguntei.
"Nada, a não ser que uma das meias deve ter soltado uma tinta vermelha, pois na bacia onde as roupas ficaram de molho havia restos de água avermelhada."

"E as meias eram vermelhas, Ismália?"
"Engraçado... não. As meias eram marrons."
"Mas alguma das roupas era vermelha, eu presumo?"
"Não, sra. Lobo. Nenhuma roupa era vermelha."

— É isso, senhores, que me levou à certeza de que Samuca assassinou o próprio pai, o vermelho que tingia a água da bacia não era tinta descolorida e sim o sangue do próprio Rafidjian que manchara a roupa de Samuca.

— E por que um filho mataria o próprio pai? — perguntou Bóris.

— Porque Samuca descobriu que o pai era homossexual e não aceitou essa ideia. — Ela se dirigiu a Samuca. — Eu estou errada, Samuel?

Ele permaneceu em silêncio.

— Você sabia que seu pai era homossexual, Samuel? — insistiu Dora, incisiva.

Ele assentiu com a cabeça.

— Então conte logo tudo e dê uma folga à sua consciência! — sugeriu Bóris de uma maneira, não por ironia, paternal.

— Como está mamãe? — perguntou Samuca.

— Tudo bem com ela — respondi, e corri para a estante em busca de uísque.

5.

Samuca falou:

— Tudo começou há algum tempo, uns dois meses, eu acho. Eu e mais dois amigos, o Ferrer e o Svanovicz, resolvemos uma noite sair no carro do pai do Svanovicz. Primeiro paramos pra beber num bar na avenida Angélica. Bebemos cerveja com steinheger. Depois saímos zoando. Passamos pela avenida República do Líbano e mexemos com os travestis. Eu me lembro que paramos o carro e perguntamos pra um deles quanto ele cobraria por um programa. O travesti disse: "Não faço ménage". Nós xingamos o cara e escapamos em alta velocidade, cantando os pneus. O Svanovicz é um grande piloto.

— Você quer beber alguma coisa, Samuel? — perguntou Dora. Ele fez que não com a cabeça. Prosseguiu:
— Depois fomos pro colégio Dante Alighieri pra curtir com a cara das bichas. Nós não somos gays, mas estávamos bêbados e queríamos zoar um pouco...
— Vai em frente — ordenou Bóris.
— Bom — continuou —, nós ficamos no carro rodando o quarteirão, vendo os caras se exibindo pros viados que passavam de carro... a gente mexia com eles, xingava, essas coisas... nós estávamos bêbados, vocês entendem, não é que a gente achasse isso uma coisa legal de se fazer...
— A gente entende — eu disse, numa tentativa de fazer-me cúmplice, já que era o sujeito mais jovem na sala à exceção do próprio Samuel.
— Pode falar, Samuca. Você está entre amigos — acrescentou Dora numa afabilidade canastrona, que, eu sabia, escondia irritação e impaciência.
— De repente — ele disse —, vi uma coisa que me chocou... na nossa frente, um dos carros que circulava era um Monza azul-metálico. Eu conhecia aquele carro. Olhei a placa... QX 1492. Era o carro do meu pai. Ao volante, uma silhueta inconfundível... Era meu pai!

Ficamos em silêncio, apenas quebrado pelo ruído das teclas da máquina de escrever. Depois de alguns segundos, Samuel reiniciou sua narração:

— Meu pai era viado e estava ali atrás de um daqueles putos... eu entendi isso em alguns segundos e não comentei nada com meus amigos. Disfarcei minha emoção e disse: "Vamos embora, isso aqui já encheu o saco", mas minha vontade na hora era gritar e chorar. Eu quis morrer de vergonha.

Samuca se contorceu num choro convulsivo.

Dora ordenou-me que buscasse rapidamente alguns lenços de papel com Rita.

Quando voltei à sala, Samuca estava recuperado. Mas seus olhos estavam vermelhos e inchados.

— Desde aquele dia passei a conviver com esse terrível segredo. Eu queria acreditar que tudo não passava de uma horrível coincidência, queria fingir pra mim mesmo que talvez meu pai passasse ali no Dante por acaso; mas no fundo sabia que estava enganado.

Samuca pegou um dos lenços de papel de dentro da caixa sobre a mesa, assoou o nariz, e Dora apagou uma Tiparillo. Pela sua expressão eu poderia jurar que ela vibrava de felicidade.

— Apesar de ter visto meu pai no carro — continuou —, eu precisava de mais alguma prova de que ele era mesmo um homossexual... Comecei então a vigiá-lo nas noites que ficava em casa. Quando não estava, eu perguntava pra mamãe: "Onde está o papai?". "Visitando um paciente."

— Eu corria pro meu quarto, onde tinha uma extensão do telefone, e ligava pro hospital: "O dr. Rafidjian está?", e as telefonistas diziam: "Já saiu" ou "Não chegou ainda". Eu ficava desconfiado, mas isso não era ainda uma prova concreta...

6.

— Num domingo à noite, meu pai e eu estávamos vendo televisão na sala quando o telefone tocou. Nós temos duas linhas de telefone. Uma para uso da família em geral. Outra com um número que papai usava só para chamadas de pacientes. Vocês sabem como é a vida de um cirurgião pediatra, o telefone toca o dia inteiro. Então papai mantinha essa linha exclusivamente para seu uso profissional. Essa linha tem duas extensões: uma na sala e a outra no quarto dos meus pais. Quando era o telefone de papai que tocava, ele mesmo atendia. Foi o que aconteceu.

"Alô?", ele disse.

"Um momento, sim? Vou atender no quarto."

"Apoiou o telefone na mesinha e falou: 'Samuca, desligue depois que eu atender' e foi pro quarto. Ali estava minha chance. Mamãe e Sílvia faziam um bolo na cozinha. Serginho dormia. Ismália já estava no seu quarto. Não tinha ninguém na sala, só eu. Peguei o fone e esperei papai atender na extensão.

Ele disse: 'Samuca, pode desligar'. Respondi: 'Tá bom' e apertei a tecla do telefone, como se desligasse, mas pressionei com a mão direita o bocal do fone, para que ele tivesse a impressão de que eu havia desligado. E então escutei a sua voz dizendo: 'Miguel, é você, Miguel?'. A outra voz, um homem, tinha sotaque espanhol: 'Sou eu mesmo, Samuel'."

"Ah, graças a Deus, graças a Deus! Onde você estava?"
"Samuel, estou precisando de grana."
"Mas você se casou? Você se casou com aquela dançarina? Eu estou te procurando... eu não posso ficar longe de você."
"Eu me casei, mas estou sem grana. Você pode me adiantar uma grana? Olha, se você não me arrumar uma grana... conto pra todo mundo que você..."
"Miguel, não me ameace! Além do mais, eu já disse pra não me telefonar aqui em casa, alguém pode desconfiar."
"Desculpa, é que eu estou desesperado."
"Encontre-me amanhã no consultório naquele horário de sempre, entre meio-dia e uma hora. Lá a gente conversa."
— Depois desligaram. Foi assim que eu soube o lugar e o horário em que iam se encontrar. No dia seguinte, resolvi chegar um pouco antes pra ter uma conversa com meu pai, pegando-o de surpresa.

7.

Samuca foi ao consultório para surpreender o pai antes da chegada de Miguel Angel. Ele disse não saber direito como tudo aconteceu, mas lembrou-se que, ao dizer: "Eu sei que o senhor é viado", Rafidjian lhe acertou um violento tapa no rosto. A partir daí, tomado de fúria, esmurrou o pai e bateu sua cabeça repetidas vezes contra a mesa. "Eu enlouqueci", ele disse, e quando viu o guarda-chuva encostado na parede, pegou-o e retalhou com ele o rosto de Rafidjian, perfurando-lhe os olhos, "não sei por quê".

Alguns fatos seriam considerados com certeza como agravantes num provável futuro julgamento de Samuca. Por exemplo: o tal abrigo esportivo que usava, e cuja calça depois lavou por estar manchada de sangue, tinha um capuz, que ele vestiu ao entrar e sair do prédio, confirmando premeditação em não querer ser reconhecido por algum amigo de seu pai (quando saiu, vestindo short e a parte superior do abrigo, trazia a calça manchada escondida dentro da mochila).

Ou ainda: logo após cometer o crime, foi a uma lanchonete, onde almoçou normalmente e depois jogou basquete no clube Pinheiros, o que comprovava sangue-frio e intenção de garantir um álibi.

Samuca foi preso imediatamente, levado por Bóris e os policiais, mas com um bom advogado (talvez eu lhe sugerisse Túlio Bellini, por que não?) teria alegada insanidade mental temporária provocada por forte comoção e talvez não ficasse por muito tempo atrás das grades.

Sofia Rafidjian permaneceu em estado de choque por alguns dias, e até hoje não sei qual seu grau de arrependimento por ter contratado Dora Lobo para desvendar o crime.

Dora, embora excitada, demonstrava exaustão profunda após a saída de Bóris, Samuca, Sofia, médico e policiais. Ela encheu dois copos de uísque e largou seu corpo na poltrona.

— Feliz aniversário, Bellini. — Estendeu-me um pacote que permanecera sobre a mesa. — Aqui está seu presente.

Era uma agenda nova.

— E as minhas dicas sobre os enigmas da Esfinge de Tebas, adiantaram pra alguma coisa? — ela perguntou.

— Acho que sim — respondi. — Eu cheguei aqui desconfiado de que Samuca era o assassino, mas ainda tenho uma dúvida.

— Qual?

— Na sua opinião, Dora, Samuca repetiu o comportamento de Édipo, certo?

— Certo.
— Mas ao assassinar Rafidjian, Samuca estava matando o próprio pai, Laio, ou a Esfinge de Tebas, que lhe propunha um enigma de vida ou morte? — indaguei.
— Sei lá — ela disse —, pergunte a um psicanalista.

Alguns uísques e várias Tiparillos depois, perguntei:
— O que fazemos agora?
— Tiramos férias. Vou passar uns dias em Buenos Aires.

Voltei para o Baronesa de Arary.
Mais tarde, Beatriz apareceu com um presente. Uma fita que trazia Muddy Waters e Buddy Guy tocando juntos. A sensação do dever cumprido enlevara-me o espírito. Botei a fita pra tocar e, ao som inebriante do blues, perguntei-lhe:
— Beatriz, eu já te falei do Caled?
— Quem é Caled?
— Um amigo que me ensinou que mulheres são uma ilusão. No começo pensei que fosse uma besteira, mas depois de Ana Cíntia, Camila, Dinéia, Fátima e você, sem falar de minha ex-mulher, Dora, e minha mãe, eu já acredito, e até compreendo, o que ele quis dizer.
— Um cara que fala isso não quer dizer nada — Beatriz interrompeu-me. — Simplesmente repete como um papagaio um velho chavão machista. Não entra nessa.
— Não — eu disse —, você é que está sendo preconceituosa. Eu aprendi uma lição com Caled. E possível tirar lições de qualquer situação, Beatriz. Nunca leu Fernando Pessoa? "Tudo vale a pena, se a alma não é pequena."
— Já li, sim. Só não entendi a lição do Caled.
— Eu não sei enxergar as mulheres. Essa é a lição. Eu vivo num deserto cheio de miragens. O problema, Beatriz, é que em matéria de mulheres eu sou tão míope quanto o Bóris, com

aqueles óculos gigantes. Acho que chegou o momento de encarar o Zé Maria. Você me dá o telefone?

Depois, Beatriz e eu secamos juntos uma garrafa quase inteira de Jack Daniel's, ao som de Muddy Waters, Buddy Guy e, inevitavelmente, Robert Johnson. De madrugada, quando se preparava para ir embora, ela anunciou que em dois dias partiria para a Europa.

Eu não podia conceber que nem mesmo na noite de meu aniversário, e às vésperas de partir para uma longa viagem, Beatriz não concordasse em passar uma noite inteira comigo. Meu humor azedou instantaneamente:

— Boa viagem — desejei.
— O quê?
— Eu disse boa viagem.
— Você tá bravo comigo? — perguntou.
— Claro.
— Por quê, Remo?
— Por inúmeras razões. A primeira, obviamente, porque você não quer namorar pra valer. Tudo bem. Não quer, não pode, e eu não tenho nada com isso. Mas não quer também ser minha amiga, nem faz o menor esforço para que nosso relacionamento seja mais do que simplesmente sexo. Enfim, tudo o que exige de mim é o prazer fugaz de algumas trepadas insípidas e burocráticas. Mas eu preciso de uma relação mais estável. Deve ser um problema de formação...

Beatriz não disse nada. Pela primeira vez ela não rebateu meus argumentos com evasivas e psicologismos. Seu rosto empalideceu repentinamente, como mágica. Seu corpo e seu espírito possuíram-se de uma terrível morbidez. Caí em mim:

— Beatriz, desculpe minha insensibilidade! Como eu não reparei antes?

Ela pareceu despertar de seu transe mórbido e lançou-me um olhar interrogativo:

— Não reparou no quê?

8.
— Que você foi estuprada quando criança!

Uma gargalhada estrondosa irrompeu de seu corpo. Ela riu com a cabeça, tronco e membros. Disse, sem fôlego:

— Remo, deixa de ser louco. Primeiro você pensa que eu sou lésbica. Depois, que sou casada. Agora acha que fui estuprada na infância. Quando vai enfiar na cabeça que não dá pra ser detetive vinte e quatro horas por dia? Relaxa. Desiste de querer descobrir o meu problema.

— É que o seu problema virou meu problema. E é mais complexo que um problema. É um mistério. Um enigma.

— Você acha que tem estrutura pra decifrar dois enigmas no mesmo dia? — perguntou.

Não respondi. Reparei que ela ainda estava pálida, e isso me assustou. Depois de um bom tempo em silêncio, outra pergunta:

— Você quer mesmo saber de tudo?

— Claro. Eu preciso saber.

Enchi os copos com o que restava da garrafa de Jack Daniel's. Brindamos. Notei que Beatriz estava trêmula. Após um gole nervoso, disse:

— Eu amo meu pai.

O blues desapareceu do ar e aquela frase ecoou no silêncio súbito do meu apartamento.

"Uns amam o pai. Outros odeiam o pai. Alguns até matam o pai", pensei, querendo me convencer de que tudo aquilo era normal. Beatriz insistiu:

— Eu amo meu pai, sou apaixonada por ele. Como mulher.

Ela poderia continuar falando pelo resto da noite e ainda assim me faltariam palavras para tecer um comentário sequer a respeito daquela revelação.

6 de junho, quarta-feira de manhã

Despertei (sozinho) com uma ressaca homérica.

Lívia Bellini, com sua mania de ver significados religiosos em tudo, diria que aquela ressaca, aos trinta e três anos, significaria uma crucificação. Eu, mais que um Cristo crucificado, me sentia naquele momento um Prometeu acorrentado (a sensação era, de fato, a de um fígado em frangalhos).

A madrugada anterior ainda reverberava em meu espírito. Lembrei que, após a declaração surpreendente, Beatriz me perguntou:
— Você está chocado?
Um silêncio confirmou minha aquiescência.
— Acho que as dimensões da minha alma são limitadas, Beatriz — afirmei, pensando em Fernando Pessoa.
— Quer trepar? — perguntou.
Foi difícil dizer "não" num momento em que ela parecia tão frágil, mas trepar era a última coisa que eu gostaria de fazer naquela noite. O que mais me intrigava era comprovar a resignação com que Beatriz aceitava aquela paixão inusitada.
— Que esperança você tem de ser feliz, sendo apaixonada por seu pai? — perguntei.

— Nós somos felizes. Aceitamos esse amor. Só que dói, dói muito.

Eu podia imaginar. Ou talvez nunca pudesse. Deixei que ela fosse embora sem resistência. Depois deitei e tentei dormir, mas estava confuso e embriagado. Sonhos desconexos povoaram as poucas horas de sono.

O mistério estava desvendado, o enigma decifrado e eu estava com um gosto horrível na boca.

Naquela mesma tarde iniciei minha psicanálise com Zé Maria. Ele me aconselhou a reatar relações com Túlio Bellini.

— Já que é preciso cometer um parricídio — disse ele —, e no seu caso o parricídio é urgente e inevitável...

Percebendo que eu o olhava perplexo, Zé Maria apressou-se em completar:

— Me refiro a um parricídio simbólico, evidentemente. Sorri aliviado (e não era tudo uma questão de símbolos, afinal de contas?).

Naquela mesma tarde abandonei a psicanálise.

7 de junho de 1983, quinta-feira à noite

Beatriz foi para a Europa com a promessa de me mandar um cartão-postal de Roma.

A noite estava fria, um frio que só existe em junho. Fátima andava sumida, pensei em procurá-la; não tive forças para sair da cama. Não naquela noite.

A ausência de Dora, que estava em Buenos Aires, me deixou inseguro como um bebê abandonado.

Howling Wolf no toca-fitas: "I'm sitting on top of the world...".

Ouvi o som de dois carros se chocando na avenida Paulista, mas não tive certeza: eu já estava dormindo.

1ª EDIÇÃO [1995]
2ª EDIÇÃO [1998] 1 reimpressão
3ª EDIÇÃO [2002] 3 reimpressões
4ª EDIÇÃO [2017]

ESTA OBRA FOI COMPOSTA PELA SPRESS EM
GUARDIAN E IMPRESSA PELA GEOGRÁFICA EM
OFSETE SOBRE PAPEL ALTA ALVURA DA SUZANO
PAPEL E CELULOSE PARA A EDITORA SCHWARCZ
EM MARÇO DE 2017

A marca FSC® é a garantia de que a madeira utilizada na fabricação do papel deste livro provém de florestas que foram gerenciadas de maneira ambientalmente correta, socialmente justa e economicamente viável, além de outras fontes de origem controlada.